BAYRAM AUF BADISCH

WIE ALMIR ÜBER DIE NERETVA UND DER HAMMEL IN UNSEREN GARTEN KAM

SARAH KRINGE

Impressum

1. Auflage, Oktober 2022,
Sarah Kringe, Zur Schanz 42, 74889 Sinsheim

Korrektorat: Katja Scholz, www.freie-lektorin.com
Cover und Grafiken: Elisa Sept/Martin Burkhardt,
www.septburkhardt.de

ISBN: 9783754685785

Herstellung und Druck über tolino media GmbH & Co. KG, München.
Printed in Germany

Für meine Schwester Laura

VORBEMERKUNG

Im Krieg stirbt die Wahrheit zuerst

Die in diesem Buch geschilderten Ereignisse beruhen auf wahren Begebenheiten, die ich mich bemüht habe, so genau wie möglich wiederzugeben. Sie basieren zum größten Teil auf den Erinnerungen der handelnden Personen und erheben daher keinen Anspruch auf historische Genauigkeit. Die Situation im Bürgerkriegsland Bosnien-Herzegowina war unübersichtlich, und bekanntlich stirbt im Krieg die Wahrheit zuerst. Ich habe versucht, vor allem die politischen und historischen Ereignisse zu verifizieren, so gut es mir möglich war. Es handelt sich bei dieser Geschichte jedoch um subjektive Eindrücke und Erinnerungen von vom Krieg traumatisierten Menschen, die im Gegensatz zu den Erlebnissen und Eindrücken anderer Betroffener stehen können.

Dieses Buch will niemandem zu nahe treten oder die Kulturen und die Menschen in Bosnien-Herzegowina in einem fragwürdigen Licht erscheinen lassen. Wenn ich von „Bosniern“ schreibe, dann bezieht sich das hauptsächlich auf die Menschen, die ich kenne und die in erster Linie aus der ländlichen Herzegowina stammen. Mir ist bewusst, dass in anderen Orten oder Teilen des Landes Dinge vielleicht anders gehandhabt oder Ereignisse anders erinnert werden. Aber dieses Buch bildet die Realität derjenigen ab, die mir ihre Geschichte erzählt haben.

Zum Schutz der Privatsphäre sind fast alle Namen, außer die der Protagonist:innen, verändert. Ich habe Kleinigkeiten und einzelne Erlebnisse angepasst, um die Geschichte und ihren Erzählfluss zu straffen, nicht jedoch die politischen Rahmenbedingungen und die grundlegenden Erzählstränge.

Während meiner Recherchen und im Gespräch mit anderen Reisenden und Tourist:innen ist immer wieder offensichtlich geworden, wie wenig über den Bosnien-Krieg (1992 - 1995) bekannt ist. Zum besseren Verständnis dieser Erzählung und der Logik der handelnden Personen ist es jedoch enorm hilfreich, die wichtigsten Fakten und Ereignisse zu kennen:

Die Bevölkerung Bosnien-Herzegowinas bestand Anfang der 1990er Jahre, wie auch heute noch, im Wesentlichen aus drei verschiedenen Ethnien: den muslimischen Bosniak:innen, den katholischen Kroat:innen und den othodoxen Serb:innen. Bedingt durch den Zerfall Jugoslawiens nahmen in Bosnien und Herzegowina die Spannungen zwischen den verschiedenen Ethnien zu, die bis zu diesem Zeitpunkt friedlich mit- und nebeneinander gelebt hatten. Im Sozialismus Jugoslawiens spielte die Religion keine bedeutende Rolle, Angehörige der verschiedenen Ethnien lebten oft in denselben Dörfern und Städten Seite an Seite so auch in Capljina, Domanovici und Mostar, wo sich große Teile dieser Geschichte ereignet haben.

Als Jugoslawien und seine Teilrepubliken zerfielen, hatte jede der Ethnien andere Wunschvorstellungen und Ziele bezüglich der eigenen politischen Zukunft. Die orthodoxen Serb:innen wollten sich eng an Serbien binden, die Bosniak:innen einen eigenen, unabhängigen Staat bilden und die Kroat:innen sich Kroatien anschließen. Die bosnischen Serben riefen Anfang 1992 in Bosnien die „Srpska Republika Bosna i Hercegovina“ aus, die sich Serbien anschließen wollte, kurz bevor eine überwältigende Mehrheit der Wahlberechtigten in einem Referendum für die Unabhängigkeit Bosnien-Herzegowinas stimmte. Die meisten serbischen Bosnier:innen nahmen an dieser Abstimmung nicht teil. Die Europäische Union und die USA erkannten die Unabhängigkeit Bosnien-Herzegowinas jedoch an. Infolge eskalierten zunächst die Konflikte zwischen bosnischen Serb:innen auf der einen und Kroat:innen und Bosniak:innen auf der anderen Seite. Bereits im April 1992 begann die Belagerung Sarajevos, die fast vier Jahre andauern und schätzungsweise 11 000 Todesopfer fordern sollte.

Während des Krieges kam es zu ethnischen Säuberungen, Vertreibungen und Massakern an der Zivilbevölkerung. Trauriger Höhepunkt des Mordens war das Massaker an den bosnischen Muslim:innen in Srebrenica. Bosnische Serben (Soldaten, Polizei, Paramilitärs) verschleppten und ermordeten innerhalb weniger Tage rund 8000 Muslim:innen, vorwiegend Männer. Dieses schwerste Kriegsverbrechen in Europa seit Ende des Zweiten Weltkrieges gilt als Völkermord.

Die serbische sowie die kroatische Seite wurden von Serbien und Kroatien mit Waffen, Logistik und Paramilitärs unterstützt, die muslimischen Truppen hatten kaum und erst spät internationale Unterstützung und den anderen Konfliktparteien daher weniger entgegenzusetzen.

Vor allem in der Herzegowina eskalierte ab Frühjahr 1993 der Konflikt zwischen Bosniak:innen und Kroat:innen. Die serbischen Truppen zogen sich weitestgehend aus der Herzegowina zurück, ebenso floh die serbische Zivilbevölkerung. Im Verlauf dieses kroatisch-bosniakischen Krieges wurde die alte Brücke Stari Most in Mostar durch kroatische Streitkräfte gesprengt, die Stadt durch gezielte Säuberungen und Vertreibungen in zwei Teile geteilt. Im selben Jahr wurde das Gefangenenlager Dretelj bei Capljina eingerichtet. Hier wurden tausende serbische und muslimische Bosniaken interniert, gefoltert und ermordet.

Erst auf internationalen Druck, hauptsächlich vonseiten der USA und der EU, stimmten die Konfliktparteien 1995 ernsthaften Friedensverhandlungen zu. Der Vertrag von Dayton beendete Ende 1995 den Krieg. Der Bosnien-Krieg forderte rund 100 000 Todesopfer, mehr als 2 Millionen Menschen wurden vertrieben oder flüchteten. Unter der Zivilbevölkerung waren knapp 85 Prozent der Opfer Muslim:innen, etwa 10 Prozent Serb:innen und 5 Prozent Kroat:innen.

Wenn Almir schwimmen könnte, wäre alles ganz anders.

Dann hätten Remzo und er nicht wochenlang unter einer Plastikplane im Wald leben und Wasser aus einem schmutzigen Loch trinken müssen.

Wenn Almir schwimmen könnte, wären Alija und Remzo nicht nach Deutschland gekommen und mein Vater wäre nicht Besitzer hunderter Granatapfelbäume.

Wenn Almir schwimmen könnte, würde diese Geschichte nie erzählt.

PROLOG

Torine

Das Unkraut steckt wie festgenagelt im Boden. Fluchend zerre ich an den dicken Wurzeln, die sich in den roten Boden krallen, als wüssten sie, dass ich sie gleich dem Hitzetod ausliefern will. Die grünen Gewächse wuchern über den Boden, verästeln sich, sind an manchen Stellen schon groß wie Badezimmerteppiche. Ich schaue mich um. Noch drei Reihen. Remzo ist schon viel weiter als ich. Routiniert reißt er die löwenzahnartigen Pflanzen aus der Erde und wirft sie, mit den Wurzeln nach oben, neben sich. „Dann können sie kein Wasser nehmen und gehen kaputt", erklärt er. Die Sommer in der Herzegowina sind heiß. Im August hat es häufig bis 40 Grad Celsius.

Die Granatapfelplantage ist größer, als ich gedacht habe. Die einhundertachtundachtzig Bäumchen stehen in

Reih und Glied, nur eins hat sich der unerbittlichen Hitze ergeben und ist nur noch ein grau-braunes Gewirr aus staubtrockenen Ästen. „Nächstes Frühjahr pflanze ich ein neues“, sagt Remzo. Wir sind heute Abend nach Torine gelaufen, weil er bei den Granatapfelbäumen meines Vaters „Inspektion machen“ will, schauen, ob er vielleicht gießen muss. Ich bin seit gestern in der Herzegowina und will endlich das Granatapfelfeld sehen, das meine Eltern hier im Frühjahr angelegt haben und das schon für viel Gesprächsstoff gesorgt hat. Doch viel zu sehen gibt es noch nicht. Ein Feld rotbrauner Erde, auf dem die Granatapfelsetzlinge stehen. Dazwischen viel Platz für Unkraut. Da wir sowieso vor Ort sind, können wir es gleich rausreißen, beschließt Remzo kurzerhand.

Hier, wo ich jetzt auf dem Boden krauche und mit bloßen Händen Grünzeug aus der Erde rupfe, verlief im Krieg die Frontlinie zwischen bosnischen Serben und Kroaten. Damals war Torine ein Weinberg, den Remzo mit seinem Vater bewirtschaftete. Aber keine der Kriegsparteien nahm darauf Rücksicht, auf wessen Grund und Boden sie ihre Kämpfe austrug. Der ständige Granatenbeschuss sorgte dafür, dass der Weinberg nicht mehr zu bestellen war. Und am Schluss war niemand mehr da, der ihn hätte bestellen können. Am Schluss aßen die wenigen Verbliebenen die Pflanzen als Salat, die ich gerade aus der Erde zerre und wegwerfe.

Endlich bin ich am Ende der Reihe angekommen. Ich stehe auf und wische mir den Schweiß von der Stirn und den Dreck von der Hose. Remzo kniet noch neben einem der Granatapfelbäume. Er gräbt ein kleines, ungefähr zehn

Zentimeter tiefes Loch in die Erde neben dem Stamm. „Guck! Noch ein bisschen feucht, heute müssen wir nicht gießen.“ Er verreibt lehmige Erde zwischen den Fingern. Remzo ist schon fast sein ganzes Leben lang Bauer in der Herzegowina. Wenn er sagt, dass nicht gegossen werden muss, dann ist das so. Auch wenn ich finde, dass die Erde ziemlich trocken aussieht.

Meine Eltern sind Lehrer in einer Kleinstadt in Südwestdeutschland. Sie haben vom Granatapfelanbau so wenig Ahnung wie Remzo von deutscher Literatur der Spätromantik. Obwohl die Bäume offiziell meinen Eltern gehören: Der eigentliche Chef der Plantage kniet neben mir auf dem Boden. Wie die Idee zu der Pflanzung entstanden ist, weiß niemand mehr. Ob er einen Verwendungszweck für seinen alten Weinberg oder mein Vater ein Projekt für die nahende Pension gesucht hat – Tatsache ist, dass meine Eltern, seit Jahren Ehrenbürger des Dorfes Spahovina, nun ein Feld voller Granatäpfel in der Herzegowina besitzen. Noch wissen wir allerdings nicht, was wir mit mehreren Tonnen Saft-Granatäpfeln anfangen sollen. Sie sind etwas kleiner und säuerlicher als die Granatäpfel, die man zum Essen kaufen kann.

Remzo steht auf und gibt mir ein High-Five. „Gut! Jetzt muss ich morgen nicht fräsen“, sagt er zufrieden. Er stapft los in Richtung Dorf. „Ich muss noch zu den Pfirsichen schauen.“ Von einem kleinen Hügel aus drehe ich mich nochmal um und schaue zurück. Unter mir brutzelt Torine in der Abendsonne, eingerahmt von Brombeerhecken. Dahinter erheben sich die Hügelausläufer des dinarischen Gebirges. Vor meinem inneren Auge sehe ich uns hier beim

Granatapfelernten – Remzo auf seinem orangefarbenen Goldoni-Traktor, meine Familie und Alija, wie sie zwischen den Bäumen umhergehen, Granatäpfel pflücken und in helle Holzkisten packen. In ungefähr zwei Jahren rechnen wir mit der ersten Ernte.

1

EVAKUIERUNG

Domanovici, Frühjahr 1992

An dem Tag, als die Muslime flohen, regnete es. Alija war, wie jeden Morgen, mit dem ersten Sonnenlicht aufgestanden. Die braune Kuh musste gemolken und die Hühner gefüttert werden, Krieg hin oder her. Sie schlüpfte in ihre Arbeitsschuhe, die wie immer neben der kleinen Treppe zur Terrasse standen. Ihre Schwiegermutter Salima hasste es, wenn jemand mit schmutzigen Schuhen über die Terrasse ging. Weiße Steinkacheln wären nicht Alijas erste Wahl gewesen, um die Terrasse eines Landwirts zu fliesen, aber man hatte sie nicht nach ihrer Meinung gefragt. Seit dreizehn Jahren schon fragte niemand mehr nach ihrer Meinung. So lange lebte sie mit ihrem Mann Remzo und ihren Schwiegereltern Abdulah und Salima in Spahovina, einem winzigen Nest in den Bergen der Herzegowina, auf halbem Weg zwischen Mostar und Stolac.

Vor ihrer Hochzeit mit Remzo war Alija jeden Tag in der Frühe nach Stolac gefahren, wo sie eine Ausbildung zur Schneiderin absolvierte. Sie seufzte. Diese Zeiten waren lange vorbei. Ihr Alltag bestand aus harter Arbeit in einer Landwirtschaft und dem Bewirtschaften des gemeinsamen Haushalts mit den Schwiegereltern. Wie in ländlichen Gegenden der Herzegowina üblich, war Alija nach ihrer Heirat in das Haus ihres Mannes und seiner Eltern gezogen. Aber sie hatte sich nie beklagt. Sie war zufrieden mit ihrem Leben, sie liebte ihren Mann, und ihre Eltern und Geschwister lebten im nur wenige Kilometer entfernten Dorf Cuckovina.

Während Alija hinüber zum alten Haus ging, in dem heute die Ställe untergebracht waren, das bis zu Remzos sechzehntem Lebensjahr der fünfköpfigen Familie aber als Wohnhaus gedient hatte, sah sie Bewegung auf der schmalen Dorfstraße. In der Morgendämmerung konnte sie die Umrisse mehrerer Menschen ausmachen, die sich auf der Straße im Nieselregen hin und her bewegten. „Hey, Emir!“, rief sie, als sie den muslimischen Bürgermeister von Domanovici, dem Hauptort der umliegenden Dörfer und Gemeinden, erkannte. Der Cousin ihres Mannes hatte einen unverwechselbaren Gang. Energisch, die Schultern leicht nach vorn gekippt, als wäre er seinen eigenen Schritten immer ein Stück voraus, kam er jetzt auf sie zu. „Ich bringe die Leute nach Gradac“, sagte Emir. „Gestern Abend haben serbische Milizen den Schwager von Himzo zusammengeschlagen.“ „Geht es ihm gut?“ Alija kannte den Mann nur flüchtig, aber die Willkür, mit der die Besatzer vorgingen, Gewalt anwendeten, Häuser in Brand steckten und Menschen erschossen, erschreckte sie immer wieder aufs Neue. „Branka hat sich um ihn gekümmert“, sagte Emir. Alija wusste, dass der Mann bei der jungen kroatischen Ärztin in guten Händen war. „Willst du nicht doch mitkommen?“, fragte er und deutete über seine Schulter, wo in diesem Moment ein Transporter die Dorfstraße heraufgerollt kam. „Wir fahren in einer halben Stunde los.“ Alija überlegte nicht den Bruchteil einer Sekunde. „Nein, ich bleibe bei Remzo und den Tieren. Es reicht, wenn Abdulah und Salima gehen.“ Sie fand es gut und richtig, dass Emir die Alten, Frauen und Kinder aus Domanovici fortbrachte. Seitdem serbische Soldaten vor einigen Wochen in der Grundschule von Domanovici ihre Kommandozentrale errichtet hatten, war das Leben in ihrem Dorf beschwerlicher geworden.

Seit Monaten schon beschossen sich serbische und kroatische Truppen gegenseitig mit Granaten. Die bosnischen Serben aus östlicher Richtung, von Stolac her heraufkommend, die Kroaten aus südwestlicher Richtung, von Capljina. Die Neretva, die durch Capljina floss, bildete nach der Sprengung der beiden großen Brücken die natürliche Grenze. Nur noch eine schmale alte Brücke, von Soldaten bewacht, verband die beiden Ufer miteinander. Die nächste Überquerung war erst in Mostar möglich, wo die Stari Most, Mostars Wahrzeichen und seit Jahrhunderten Symbol der Verbindung von Ost und West, von Islam und Christentum, noch unbeeindruckt ihren weißen Bogen über den blauen Fluss spannte.

Die Serben hatten ihre Panzer neben der Moschee in Domanovici aufgereiht. Alija konnte innerlich noch die Erschütterung spüren, als vor ein paar Tagen eine Granate in Torine, in ihrem Weinberg, detoniert war. Zum Glück war niemand vor Ort und es gab keine Verletzten. Alija wollte sich nicht ausmalen was passiert wäre, wenn Remzo oder Abdulah dort in diesem Moment die Reben geschnitten oder Unkraut gefräst hätten.

Die Nachbarschaft hatte in all diesen Monaten zusammengehalten. Wenn draußen das Heulen der Granaten zu hören war, kauerten Serben, Kroaten und bosniakische Muslime aus Spahovina zusammen in Kellern und Bunkern. Gemeinsam ließ sich die Angst leichter ertragen. Denn Angst hatten sie alle, unabhängig von Ethnie und Religion. In solchen Momenten zählte nur, dass man sich jahrelang kannte und von dem Krieg, den macht- und gebietshungrige Politiker angezettelt hatten, nichts wissen wollte.

„Wie du willst“, zuckte Emir mit den Schultern und wandte sich um. Hinter ihm hatten sich schon einige Dorfbewohner zusammengefunden. Alija erkannte fast alle muslimischen Frauen des Dorfes mit ihren Kindern und viele der älteren Männer. Es sieht so aus, als ob nur Hurija und ich hierbleiben, dachte Alija. Für sie wäre es niemals in Frage gekommen, ins kroatische Gradac, ans Meer, zu flüchten, während Remzo bei Haus, Hof und den Tieren in Spahovina ausharrte. Das hatte sie den Männern gestern auch deutlich erklärt, als Emir am Nachmittag vorbeigekommen war und von seinem Vorhaben berichtet hatte. „Was soll ich denn in Gradac sitzen und nicht wissen, was hier los ist?“, hatte sie gefragt. „Wenn mein Mann bleibt, bleibe ich auch.“

Alija ging in den Stall, weichte trockenes Brot in Wasser ein, vermischte es mit Weizenkleien und gab die Masse in eine Schüssel, die sie ihren acht Hühnern hinstellte. Dann nahm sie den hölzernen Melkschemel und setzte sich neben die braune Kuh. Sie hätte ihre Tiere niemals allein und den Soldaten, Milizen und Banden ausgeliefert lassen können, die durchs Land zogen. Alija hatte schon zu oft mit angesehen, wie wenig das Hab und Gut der Dorfbewohner respektiert wurde, die geflohen waren oder sich über die Neretva, hinter die kroatische Linie, in Sicherheit gebracht hatten. Während sie die Kuh molk, hörte sie die Stimme von Emir, der ihre Nachbarn und Freundinnen anwies, wo sie auf der Ladefläche des Lkw Platz nehmen sollten. Bis Alija den Stall wieder verließ, den Eimer mit der frischen, in der Morgenkühle noch dampfenden Milch in der Hand, waren die meisten bereits eingestiegen. Ihre Schwiegereltern standen noch neben den Stufen zur Terrasse. Der kleine, schmale, aber drahtige Abdulah und die füllige Salima in einem ihrer gemusterten Kleider und dem Kopftuch, das sie stets bei Reisen trug – nicht, dass sie jemals viel verreist war, dachte Alija. Aber manchmal besuchte sie Verwandtschaft in und um Mostar und auch da gehörte es sich, dass man anständig angezogen war.

Jeder hatte eine Reisetasche in der Hand, gegen den Regen duckten sie sich gemeinsam unter einen Regenschirm. „Allahmanet“, sagte Alija und küsste beide kurz auf jede Wange. „Habt eine gute Fahrt.“ Da drängte auch schon Emir: „Onkel, Tante, einsteigen. Wir müssen los.“ Abdulah setzte sich sogleich auf den Beifahrersitz des Lastwagens, Salima kletterte mühsam und ächzend auf die Ladefläche.

„Remzo, deine Frau ist stur!“ Emir blickte an Alija vorbei zu ihrem Mann, der eben in der Tür erschienen war und jetzt in seinen Hausschuhen über die Terrasse auf sie zuschlurfte. Er war noch unrasiert und fuhr sich mit der Hand durch sein volles schwarzes Haar, das ihm ungekämmt vom Kopf abstand. „Ja“, erwiderte Remzo gähnend. „Aber sie weiß schon, was sie tut.“ Emir zuckte wieder mit den Schultern und nahm auf dem Fahrersitz Platz. Neben Salima erkannte Alija Emirs Frau und seine Tochter. Die beiden winkten noch lange, als der Lkw über einen Feldweg davonholperte. Emir würde die Leute kaum mitten durch Domanovici fahren können, dachte Alija. Er musste einen Schleichweg über die Hügel und Felder finden, um serbischen Kontrollen und Granateneinschlägen zu entgehen.

„Du bist spät dran“, sagte Alija an Remzo gewandt. Als Antwort bekam sie nur ein unwirsches Brummen. Die eisblauen Augen ihres Mannes blickten düster in Richtung Schule. Seit der Besatzung hatten sich die Falten um Remzos Mundwinkel, die ihn manchmal so grimmig aussehen ließen, vertieft. Er lachte seltener und die Scherze, die Alija so für ihn eingenommen hatten, kamen ihm nicht mehr häufig über die Lippen. „Ich habe keine Lust“, sagte er. Alija seufzte. „Ich mache dir noch schnell einen Kaffee, so viel Zeit muss sein.“ Er nickte und setze sich schwerfällig an den Terrassentisch. Alija konnte ihren Mann gut verstehen. Bevor der Krieg ausgebrochen war, hatte Remzo in einem großen Geschäft in Capljina als Einkäufer gearbeitet. Zusammen mit der Landwirtschaft in Domanovici, die er mit seinem Vater bestellte, hatte das gereicht, um der Familie ein gutes Einkommen zu sichern. Dann hatten die bosniakischen Muslime Partei für die Kroaten ergriffen und sich mit ihnen verbündet, was sie zu Feinden der Serben machte.

Für Alija war das alles Politik, deren Hintergründe sie zwar verstehen, aber nicht begreifen konnte. Sie kam mit ihren Nachbarn im Dorf gut aus, seien es Muslime, Kroaten oder Serben, und von Anfang an war ihr klar gewesen: In diesem Konflikt konnte es nur Verlierer geben.

Alija balancierte das Tablett mit dem Kaffee, den winzigen Tassen und dem Zucker auf die Terrasse. Sie löffelte den Kaffeeschaum in die beiden kleinen Tassen, ließ ein Stück Zucker darauffallen und goss Kaffee hinterher. Remzo nahm die Tasse und schlürfte sie in einem Schluck leer. Die Regierung hatte damals verfügt, dass sich alle Männer zum Militärdienst melden mussten. Seitdem war er morgens nicht mehr nach Capljina gefahren, um in der Firma zu arbeiten. Seine Anstellung hatte er aufgeben müssen. Ungefähr ein Jahr lang hatte er stattdessen jeden Morgen einen Militärlaster gefahren, der Holz aus dem Hinterland an die Front brachte. Die ohnehin schroffen Hügel um Capljina, im Neretva-Tal und in Richtung Stolac waren in den letzten Monaten systematisch abgeholzt und zu Bunkeranlagen und Schutzstellungen für die Soldaten verbaut worden. Alles umsonst, wie es Alija schien. Die Serben waren dennoch bis kurz vor Capljina vorgerückt, die Kroaten hatten sich am Westufer verschanzt. Von Domanovici aus flogen die Granaten.

„Ich muss los“, sagte Remzo mit Blick auf die Uhr. Die Familie lebte jetzt nur noch von der Landwirtschaft. Durch Abdulahs Flucht nach Gradac mussten sie und Remzo allein die schwere körperliche Arbeit stemmen. Zum Dienst an der Waffe hatte Remzo sich damals nicht verpflichten wollen. „Ich will nicht auf jemanden schießen!“, hatte er erklärt und statt eines Gewehrs den Lastwagenschlüssel in die Hand gedrückt bekommen.

Alija schaute ihrem Mann hinterher, wie er durch den mittlerweile nachlassenden Nieselregen zum Stall ging, wo der orangefarbene Traktor geparkt war. Heute wollte Remzo Kartoffeln pflanzen. Die Setzlinge hatten sie schon gestern auf den Anhänger geladen. Wenn Alija die Milch verarbeitet und die Küche aufgeräumt hatte, würde sie zu Fuß nach Kokorica gehen, wo ihr Gemüsegarten und das Kartoffelfeld lagen, und ihrem Mann bei der mühsamen Arbeit helfen. Für einen kurzen Moment machte sich auch in Alija Unlust breit. Heute Abend würden ihr Rücken und sämtliche Muskeln schmerzen. Aber sie riss sich zusammen. Wenn die Familie den nächsten Winter überstehen wollte, waren sie auf eine gute Kartoffelernte dringend angewiesen.

Eine Stunde später ging sie die schmale Dorfstraße hinunter. Wie gespenstisch alles wirkte, jetzt, wo die Frauen und Kinder weg waren und die Männer, die noch ausharrten, ihren Arbeiten nachgingen. Keine ihrer Nachbarinnen winkte ihr von der Terrasse oder dem Balkon zu, ihr Weg war stumm, niemand hielt sie für einen kurzen Plausch auf, viele Häuser standen leer und verlassen neben der Straße. Alija fragte sich, wie lang sie und Remzo noch würden bleiben können. Ihre serbischen Nachbarn hatten sich bei den Soldaten wiederholt für sie eingesetzt. „Das sind gute Leute, lasst sie in Ruhe“, hatten sie immer wieder erklärt. Der Sohn dieser Nachbarn, der beim Militär dienen musste, brachte ihnen hin und wieder Zigaretten oder andere Luxusgüter. Einkaufen gehen konnte man in dem besetzten

Gebiet schon lange nicht mehr. Bisher hatte der Schutz der serbischen Nachbarn funktioniert, die Familie war von den Grausamkeiten des Krieges verschont geblieben. Aber Alija befürchtete, dass das nicht für immer so bleiben würde.

Während sie die Kartoffeln pflanzte, immer eine neben der anderen, versuchte sie, den Gedanken zu verscheuchen. Sie konzentrierte sich darauf, die Kartoffeln in die Erdlöcher zu stecken, die Remzo, der vor ihr her ging, ausgehoben hatte. Die Setzlinge hatten sie im nahen Pocitelj gekauft. Vor dem Krieg war Remzo immer weit weggefahren, in die Nachbarprovinz, um dort Kartoffelsetzlinge zu besorgen. Oder er hatte auf dem Markt in Capljina welche aus den Niederlanden gekauft. Es war wichtig, dass man nicht einfach die eigenen Kartoffeln benutzte. Inzucht tat der Ernte nicht gut.

Alija richtete sich kurz auf und schaute sich um. Wenn die Kartoffeln gepflanzt waren, kamen als nächstes die Tomaten, Bohnen und Paprika. Kokorica würde bis zum Sommer ein grüner Gemüsegarten sein. Egal was kommt, dachte sie. Wir können es nicht ändern.

2

WILLKÜR

Domanovici, Herbst 1992

Die Granate musste relativ nah am Stadtzentrum von Capljina explodiert sein. Alija würde sich nie an das heulende Geräusch gewöhnen, das zur Hintergrundmusik ihres Alltags geworden war. Im Gegensatz zu anderen alltäglichen Geräuschen konnte man es nicht einfach ausblenden. Zuerst hörte man ein lautes Rattern, gefolgt von einem fürchterlichen Heulen und schließlich dem Kanonenschlag der Detonation. Sie hatte mit den Monaten ein Gespür dafür bekommen, wie nah oder weit entfernt ein Einschlag stattgefunden hatte. Sie blickte sich im Raum um. An den versteinerten Gesichtern der drei Männer, denen sie gerade Kaffee gekocht hatte, glaubte sie zu erkennen, dass auch den anderen bei der Explosion ein Schauer über den Rücken gekrochen war. Was sie wohl dieses Mal getroffen hatten? Eine Kafane, in der sie gern gesessen hatten? Die Bibliothek? Den alten Marktplatz? Eine Nachbarin, einen Kollegen, Freunde?

Almir schenkte sich Kaffee nach. Seine Hand zitterte leicht, als er die Mokkatasse hielt. „Was ist los, Almir?“, fragte Remzo seinen Cousin mit dem Anflug eines Lächelns. „Wirst du alt, dass du so zitterst?“ Almirs Vater Nihad und Alija schmunzelten. „Solange ich nicht so alt aussehe wie du, ist das doch egal!“, schoss Almir zurück und grinste ebenfalls gequält. Alija wusste, dass die lahmen Scherze nur dazu dienten, die Nervosität der Männer zu überspielen und ein bisschen Normalität zu bewahren. Jeder klammert sich an seinen eigenen Strohhalm, dachte sie. Ihr Strohhalm waren die Tiere, die Kuh und die Hühner, die täglich versorgt werden mussten. Alltagsrituale, wie gemeinsam mit den Nachbarn Kaffee zu trinken, waren wichtig, um den Krieg durchzustehen. Es störte Alija zwar manchmal, dass sie dafür immer den alten Holzofen anheizen musste, der Strom war schon längst ausgefallen Aber ohne Kaffee wäre der Alltag kaum zu ertragen gewesen. Vor allem Nihad trank gern und viel davon. Alija schmunzelte bei dem Gedanken, dass er ihr jedes Mal, wenn sie für ihn die mühevolle Prozedur des Kaffeekochens durchführte, eine Medaille versprach. „Wenn der Krieg vorbei ist, kaufe ich dir ein goldenes Kleid!“, pflegte er außerdem zu sagen.

Plötzlich hörte sie ein Geräusch. Das Geräusch, vor dem sie sich alle seit Monaten jeden Tag fürchteten. „Scht!“, machte Alija und die Männer verstummten. Ohne Zweifel: Über die Terrasse polterten schwere Stiefel. Soldatenstiefel.

Was Salima wohl dazu sagen würde, dass sie mit ihren schmutzigen Schuhen über die weißen Fliesen stampfen?, überlegte Alija und musste für den Bruchteil einer Sekunde ein wahnsinniges Lachen unterdrücken. Dann holte sie die Realität in Form zweier serbischer Soldaten ein, die, ohne anzuklopfen – und ohne, wie bei Muslimen üblich, die Schuhe auszuziehen – ins Wohnzimmer traten.

„Sitzenbleiben!“, herrschte ein Soldat Remzo an, der sich bei ihrem Eintreten halb erhoben hatte. Der Soldat hatte schlechte Zähne, war aber ordentlich frisiert und hatte einen wachen Blick, den er über die Anwesenden schweifen ließ. „Was wollt ihr in meinem Haus?“, fragte Remzo. „Wir haben nichts.“ „Wir suchen Aida“, blökte der andere Soldat. Er war kleiner als sein Kamerad, das olivgrüne Hemd hing ihm unordentlich aus der Hose und Alija roch Alkohol, als er sprach. „Wo ist sie?“ Alija und Remzo blickten sich an. Sie hatten befürchtet, dass Aida früher oder später Aufmerksamkeit auf sich ziehen würde. Die quirlige, lebenslustige Nachbarin hatte seit längerem einen serbischen Freund. Was vor dem Krieg nicht erwähnenswert gewesen wäre, sorgte jetzt im Dorf und darüber hinaus für Unruhe. Alija hatte bereits Gerüchte gehört, dass serbische Milizen sich nach dem muslimischen Mädchen erkundigten, das mit einem serbischen Mann zusammen war. „Du solltest ihn nicht mehr sehen!“, hatte Alija ihr vor ein paar Tagen erst geraten. Aber Aida hatte nur mit den Schultern gezuckt und erklärt: „Ich lasse mir von niemandem vorschreiben, mit wem ich zusammensein soll.“

„Du!“ Der kleinere Soldat wandte sich jetzt an Alija. „Weißt du, wo sie steckt?“ Alija wurde von dem Alkoholdunst übel, den er verströmte. „Ich habe keine Ahnung“, sagte sie so bestimmt wie möglich, hoffend, dass der Soldat ihre Angst nicht sah. „Vielleicht ist sie in Stolac, bei ihrem Freund." Die Soldaten tauschten einen kurzen Blick. „Mitkommen, ihr drei!", bellte der erste, mit der geschniegelten Frisur. „Ihr helft uns, sie zu finden." Er machte eine Geste durchs Wohnzimmer, die Remzo, Almir und Nihad einschloss.

Alija schloss für eine Sekunde die Augen. Sie hatte viele Geschichten gehört von Menschen, die von den Soldaten aufgefordert worden waren, irgendwohin mitzukommen. Die Geschichten hatten selten ein gutes Ende, meist kamen die Menschen nicht zurück.

„Aber meine Frau!", wandte Remzo sich an den Soldaten, auf Alija deutend. „Sie bleibt hier", bestimmte der Soldat. „Wenn wir Aida gefunden haben, kannst du zurück." Almir und Nihad waren bereits aufgestanden. Es hatte keinen Zweck, sich den Männern zu widersetzen. Alija blickte der Gruppe hinterher, wie sie davonging.

Als die Dunkelheit Stunden später langsam vom Tal ins Dorf heraufkroch, wurde ihr flau im Magen. Die Männer waren schon seit über drei Stunden fort. Das Dorf lag da wie ausgestorben. Sie wäre gern zu einer ihrer Nachbarinnen gegangen, um sich abzulenken und Gesellschaft zu haben.

Alija ging ins Schlafzimmer, holte Kissen und Decke und schloss die Haustür. Falls noch weitere Soldaten oder Milizen kamen, sollten sie denken, es sei niemand zu Hause. Sie wollte sich im ersten Zimmer verstecken, im kleinen Anbau, der nur über die Terrasse mit dem restlichen Haus verbunden war. Von hier aus hatte sie alles im Blick und würde es hören, wenn sich jemand näherte. Alija ging davon aus, dass die Soldaten, falls sie kommen sollten, zuerst ins Haus gehen und das erste Zimmer links liegen lassen würden. Das würde ihr genug Zeit geben, hinter ihnen vorbei zu schlüpfen und zu entkommen. Sie hatte keine Angst erschossen zu werden. Sie hatte Angst vor dem, was die Männer mit ihr tun würden, falls sie sie nicht umbrächten.

Im ersten Zimmer roch es nach dem Brot, das Alija am Morgen gebacken hatte. Sie hatte sich hier schon vor Jahren eine kleine zweite Küche eingerichtet, mit dem alten Herd und einem zweiten Kühlschrank. Das hielt die Gerüche aus dem Haupthaus fern und Alija kochte fast ausschließlich im ersten Zimmer. Der Kühlschrank funktionierte schon lange nicht mehr, jetzt, wo die Stromversorgung gekappt war. Aber der alte Holzofen leistete gute Dienste. Es war zwar mühsam, ihn anzufeuern, aber er machte sie unabhängig von Elektrizität. Schwach glomm noch ein Rest von Glut und vermittelte eine trügerische Behaglichkeit. Wie früher, als Alija noch klein war und mit ihren drei Geschwistern in der Wohnküche ihrer Eltern saß. Damals kochten und heizten alle mit den Holzöfen und im Winter versammelte sich die gesamte Familie um das eiserne Ungetüm.

Vielleicht war sie trotz allem ein bisschen eingenickt. Die Dämmerung war schon weit fortgeschritten, als sie Remzos Stimme hörte. „Alija!“ Erleichterung überrollte sie. „Hier!“, rief sie zurück und sprang auf die Füße, um ihrem Mann entgegenzugehen. Als sie Remzos Gesicht sah, das im Türrahmen auftauchte, zögerte sie. „Was ist passiert?“ Sie kannte ihren Mann gut genug, um zu sehen, dass etwas nicht stimmte. „Allen geht es gut“, sagte

Remzo, blieb aber in der Tür stehen. „Pack Bettzeug und etwas zu essen ein, wir schlafen heute Nacht im Wald."

Alija raffte ihr Bettzeug zusammen, holte Remzos Decke aus dem Schlafzimmer und den Rest des Brotes, ein bisschen Käse und ein Messer aus der Küche. Als sie wieder auf die Terrasse kam, standen Almir und Nihad neben Remzo, jeder mit einem Bündel Bettwäsche unter dem Arm. „Soll ich abschließen?", fragte Alija ihren Mann. Der schüttelte den Kopf. „Wozu?"

Mittlerweile war es völlig dunkel, aber die kleine Karawane kannte jeden Fleck Boden. Sie gingen durch den Garten über das Olivenfeld bis in eine kleine, bewaldete Senke, auf halbem Weg zwischen Cuckovina und Spahovina. Während sie gingen, erzählten die Männer Alija flüsternd, was geschehen war.

Die Milizen hatten sie zunächst zu Aidas Haus gebracht. In der Nähe der Grundschule gelegen, waren sie bereits dort auf weitere Soldaten gestoßen. Das Haus war leer. Remzo, Almir und Nihad hatten wiederholt versichert, dass sie nicht wüssten, wo sie sich aufhielte. „Was macht ihr dann hier?", habe plötzlich einer der Männer gerufen. „Ihr seid Spione! Ihr wollt uns ausspähen!" Alija schüttelte im Dunkeln den Kopf. Mit Logik hatte das alles schon lange nichts mehr zu tun.

Die Soldaten hätten sich immer weiter aufgestachelt, erzählte Almir. Zum Glück sei unter ihnen ein Bekannter von Remzo gewesen. Er habe die mittlerweile brenzlige Situation entschärft und sich für die drei Männer eingesetzt. Solange, bis der Kommandant aus der nahen Schule herbeigerufen worden sei, um die drei Spione zu begutachten. Der Kommandant war ein korrekter Mann. Er hatte die Situation sofort durchschaut, berichtete Nihad. „‚Ich hatte euch verboten, nach Spahovina zu gehen!‘, hat er zu den Soldaten gesagt. Die beiden haben richtig Ärger bekommen, der betrunkene Soldat wird noch bestraft.“ Alija konnte es zwar nicht sehen, aber sie hörte förmlich das Grinsen in Almirs Gesicht.

„Das ist nicht lustig, Almir!“, kam Remzos Stimme von vorn. Sie verstand, worauf er hinauswollte. Der betrunkene Soldat würde nach der Bestrafung vielleicht Rache nehmen wollen. „Wenn er kommt, dann heute Nacht“, sagte Remzo. Die kleine Kolonne hatte angehalten. Sie waren ringsum von Bäumen umgeben, in denen die letzten eifrigen Zikaden noch vor sich hin zirpten. Zu ihren Füßen verlief ein kleiner Kanal, der von Herbst bis Frühling ein Rinnsal Wasser transportierte, im heißen Hochsommer der Herzegowina aber bereits ausgetrocknet war. In diese Rinne stiegen sie nun hinab und machten es sich auf ihren Decken und Kissen so bequem wie möglich. Alija holte Brot und Käse hervor und versuchte, so gut es im Dunkeln ging, Scheiben davon abzuschneiden und an die Männer zu verteilen. Schweigend kauten sie, schweigend saßen sie im Dunkeln und lauschten in Richtung der Häuser.

Bei Morgengrauen war Alija völlig unbeweglich. Die Umrisse der anderen schälten sich langsam aus der schweren Dunkelheit und sie sah, dass auch Remzo, Almir und Nihad wach waren. „Ich gehe zum Haus und schaue nach“, flüsterte Remzo. Er erhob sich langsam, streckte vorsichtig Arme und Beine und stakste durch die Bäume davon. Die Minuten dehnten sich. Almir und Nihad unterhielten sich flüsternd, aber Alija konnte und wollte nicht verstehen, worüber. Sie hoffte inständig, dass der Soldat nicht in der Nacht das Haus besetzt hatte und nun dort auf Remzo wartete. Sie dachte an die Kuh, die gemolken werden musste und an die Hühner, die bestimmt Hunger hatten. Sie betrachtete die schmutzige Bettwäsche, auf der sie saß und überlegte, wie sie das ohne Waschmaschine je wieder sauber bekommen sollte. Wenn er nicht gleich da ist, gehe ich hinterher, dachte sie schließlich.

Da hörte sie ein Knacken im Wald und im selben Moment kam ihr Mann zwischen den Bäumen hervor. „Es ist alles in Ordnung!“, sagte er. „Alles ist unangetastet!“ „Allah sei Dank!“ Alija spürte, wie die Erleichterung in ihr aufwallte. Almir und Nihad standen ebenfalls auf. Die Zikaden begannen ihr Morgenkonzert. Alija klemmte sich die schmutzige Bettwäsche unter den Arm und ging nach Hause, die Hühner füttern.

3

EINZUG

Sinsheim, Januar 1995

Mein Vater erzählt:

„Keiner der drei Bosnier hat ein Wort von dem verstanden, was im Mietvertrag stand. Irgendwann haben wir es aufgegeben und das Dokument zerrissen. Wir haben mit Remzo und Alija dann nur einen ganz rudimentären Vertrag gemacht, in dem lediglich der Mietpreis festgehalten wurde – den Rest haben wir per Handschlag vereinbart. Diese Abmachung hat sich in den folgenden dreizehn Jahren nicht verändert.“

Vor der Zimmertür lagen ungefähr zwanzig Paar Schuhe. Große, kleine, Herrenschuhe, Damenschuhe, Halbschuhe,

Sandalen und Flipflops bildeten einen unordentlichen Haufen, der den Zugang in den dunklen Flur dahinter blockierte. Meine achtjährige Schwester Laura und ich grinsten uns an, rissen uns die eigenen Schuhe von den Füßen und warfen sie wonnevoll mitten auf den Haufen. Mein Vater runzelte kurz die Stirn, sagte jedoch nichts, sondern zog sich ebenfalls die Schuhe aus, und gemeinsam stolperten wir über den Schuhberg durch den Flur und in das dahinterliegende Zimmer in der Geflüchtetenunterkunft.

Unsere neuen Untermieter waren anders als die Leute, die zuvor in unserer Einliegerwohnung gewohnt hatten. Laura und ich sagten immer „Untermieter", obwohl es technisch gesehen einfach Mieter waren, die in der Eineinhalb-Zimmer-Wohnung im Einfamilienhaus meiner Eltern wohnten. Da die Wohnung aber im untersten Stockwerk lag, heutzutage würde man mondän „Souterrain" in eine Mietanzeige schreiben, hatte sich bei uns Kindern schnell der Begriff Untermieter etabliert. Sie lebten unten, also waren es Untermieter. Eine kindliche Logik, der meine Eltern nichts entgegenzusetzen hatten und deren Begrifflichkeit sie irgendwann selbst übernahmen.

Laura, mein Vater und ich waren in der Geflüchtetenunterkunft, um besagte Untermieter näher kennenzulernen und die Einzugsdetails zu besprechen. Die letzten Mieter waren vor einigen Wochen ausgezogen, und meine Eltern hatten eine Anzeige im Sinsheimer Stadtanzeiger, dem wöchentlich erscheinenden Infoblatt unserer Kleinstadt, aufgegeben. Prompt hatte eine Angestellte der Flüchtlingshilfe bei uns angerufen. Ob sich meine Eltern vorstellen könnten, die Wohnung an ein bosnisches Geflüchtetenpaar zu vermieten? „Der Mann arbeitet in einem Gartenbaubetrieb und seine Frau als Haushaltshilfe", hatte sie gesagt. „Momentan leben sie im städtischen Asylbewerberheim, weil sie vor dem Bürgerkrieg in Bosnien geflohen sind. Das sind sehr nette und fleißige Leute und sie sprechen beide ein bisschen deutsch."

Bereits einen Tag später hatten die beiden Bosnier vor unserer Tür gestanden, um die Wohnung zu besichtigen. Vom Fenster aus hatten Laura und ich schüchtern beobachtet, wie ein mittelgroßer Mann und eine fast ebenso große Frau, beide mit kurzen schwarzen Haaren, mit meinen Eltern im Garten radebrechten. Es war viel mit den Armen gewedelt, mit den Schultern gezuckt und allgemein sehr laut gesprochen worden. Aber trotz mittelschwerer Verständigungsprobleme hatten unsere Eltern uns hinterher berichtet, dass sie die beiden Bosnier sehr sympathisch fänden. Am nächsten Tag hatten sie spontan zugesagt.

Nachbarn und Kollegen reagierten auf diese Entscheidung größtenteils mit Unverständnis. „Wollt ihr euch wirklich die Ausländer ins Haus holen?", fragte einer. „Ihr wisst doch gar nicht, was das für Leute sind!", gaben andere zu bedenken. Glücklicherweise hatten meine Eltern noch nie viel auf das Gerede der Leute gegeben. „Das sind ordentliche und nette Menschen", erwiderten sie, wenn sie mit derlei Vorurteilen konfrontiert wurden. „Warum sollten wir ihnen die Wohnung nicht vermieten?"

„Hallo, hallo! Hajde!" Nachdem Laura, mein Vater und ich auf Socken im Zimmer angekommen waren, bugsierte uns unsere neue Untermieterin, die den ungewöhnlichen wie klangvollen Namen Alija trug, auf eine kleine, schäbige Eckcouch. Nicht nur an den vielen Schuhen vor der Tür war erkennbar, dass das Zimmer von mehreren Personen bewohnt wurde. An den Wänden lehnten Matratzen, es standen drei Stockbetten im Raum, Tüten und Taschen stapelten sich in den Ecken. Wer die anderen wohl sein mochten?, fragte ich mich, wurde aber von der neuen Mieterin aus meinen Gedanken gerissen, als sie Laura und mir einen Teller mit Keksen und zwei Gläser Limonade in die Hände drückte. Ich mochte die kräftige Alija mit ihrem offenen, herzlichen Gesicht und den vergnügten Augen sofort. Ihr Mann Remzo, der sich jetzt einen Klappstuhl heranzog, hatte auf meine Schwester und mich allerdings einen anderen Eindruck gemacht. „Der Mann sieht so grimmig aus!“, hatte Laura unsere Gefühle nach dem ersten Kennenlernen bei uns zu Hause auf den Punkt gebracht. Scharfe Falten rechts und links zogen seine Mundwinkel nach unten und verliehen ihm einen unwirschen und strengen Gesichtsausdruck.

Ich sah mich in dem Zimmer um, während mein Vater und Remzo, wieder unter Zuhilfenahme sämtlicher Extremitäten, miteinander kommunizierten. Remzo hatte einen Brief mit dem Sinsheimer Stadtwappen in der Hand, mit dem er meinem Vater beständig vor der Nase herumfuchtelte. Dieser wiederum war bemüht, lang genug einen Blick auf das Dokument werfen zu können, um dem aufgeregten Adressaten im Anschluss mühevoll zu erklären, was der Inhalt des Schreibens war. In diesem Augenblick wurden wir zum ersten Mal Zeuginnen eines Vorgangs, der sich in den nächsten Jahren regelmäßig wiederholen und meinen Vater bisweilen fast in den Wahnsinn treiben sollte.

Das Zimmer, in dem Remzo und Alija lebten, war klein, mit einem Fenster, durch das man den Hintereingang der

Videothek im Sinsheimer Industriegebiet sehen konnte. Daran schlossen sich ein Wohnmobil-Schrottplatz und eine Table-Dance-Bar an – kleinstädtische Peripherie par excellence. Direkt unter dem Fenster befand sich ein schmaler Grünstreifen, auf dem zwei Kinder mit einem Plastikball spielten. Alija winkte Laura und mich zu sich und deutete aus dem Fenster auf das Grün, das in ordentliche Reihen unterteilt war und auf dem Pflanzstangen in die Höhe ragten. „Unser Garten", sagte sie strahlend.

Ich nickte, lächelte unsicher und fragte mich, wen dieses „unser" alles umfassen mochte. Die Frage beantwortete sich bald, denn unsere Ankunft hatte sich herumgesprochen. In der nächsten halben Stunde öffnete und schloss sich die Zimmertür alle paar Minuten und ein neues, neugieriges Gesicht tauchte auf. Im Schnellverfahren wurden meine Schwester, mein Vater und ich der Verwandtschaft von Remzo und Alija vorgestellt: Da waren Alijas Schwester Zehra mit ihrem Mann Selman und ihren beiden Kindern, Alijas Bruder Kemal und seine Frau Naima mit der kleinen Maida, außerdem Remzos Cousin Almir mit seiner Frau Jemina und ihrer Tochter. Mir schwirrte der Kopf, und von den vielen Keksen und der Schokolade, die ich gegessen hatte, fühlte ich mich ganz klebrig. „Schlafen die alle hier drin?", flüsterte Laura mir zu. „Ja", gab ich ebenso leise zurück und meine jüngere Schwester blickte betroffen um sich. Die gesamte Familie lebte in diesem einen Raum und teilte sich mit fünf anderen Familien eine Küche und ein Badezimmer, so viel hatte ich verstanden. „Bin ich froh, dass ich ein eigenes Zimmer habe!", raunte Laura und fixierte unbehaglich die Matratzen an der Wand.

Als wir schließlich nach Hause gingen und unsere Schuhe aus dem Chaos vor der Tür sortierten, stand der Einzugstermin fest. Auf dem Weg nach Hause in unserem klapprigen, braunen Passat Kombi sagte mein Vater zu uns: „Ich glaube, da haben wir uns richtig entschieden!"

Nur wenige Tage später zogen die Untermieter ein. Ich hatte einen Umzugslastwagen erwartet oder wenigstens ein großes Auto. Aber die beiden kamen in einem kleinen blauen Opel, der eindeutig schon bessere Zeiten gesehen hatte. Als das Vehikel vor unserem Haus hielt, war ich gerade vom Nachmittagsunterricht nach Hause gekommen. Remzo und Alija hatten all ihre Habseligkeiten in wenigen Plastiktüten und einer großen Tasche verpackt, und als einzige Umzugshelferin kletterte Alijas Schwester Zehra von der Rückbank, die ebenfalls zwei Plastiktüten aus dem Auto hievte. Bis heute habe ich keinen schnelleren Umzug erlebt.

„Wo sind eure Möbel?", fragte ich Alija, als wir wenige Minuten später alle unten in der Wohnung standen. „Keine Möbel", erwiderte sie lachend. „Ihr habt keine Möbel?", fragte meine Mutter ungläubig. „Nein!", erwiderte Remzo und zeigte auf die Plastiktüten, die auf der lila-gräulichen Auslegeware standen, die den gesamten Boden bedeckte. „Nur das." Meine Eltern schauten sich an. Die Wohnung wirkte ohne die Möbel und Pflanzen der Vormieter leer und kahl.

„Wir haben Stühle und einen Tisch im Keller, die wir gerade nicht brauchen", sagte mein Vater, halb an die Bosnier, halb an meine Mutter gewandt. „Und die Couch in deinem Arbeitszimmer, die wird sowieso kaum benutzt", fügte meine Mutter hinzu. Den restlichen Nachmittag verbrachten mein Vater und Remzo damit, die alte braune Ikea-Couch im Arbeitszimmer auseinanderzubauen, nach unten zu tragen und dort wieder zusammenzusetzen. Die Sprachbarriere schien dabei erstaunlicherweise in sich zusammenzufallen. Remzo konnte zwar nur einfache Sätze bilden, aber sein Wortschatz in Bezug auf Werkzeuge, Technik und Handwerkliches war stark ausgeprägt. Wenn die beiden an diesem Nachmittag gewusst hätten, wieviel Möbel und andere Dinge sie in den nächsten Jahrzehnten gemeinsam zusammenbauen, verschrauben, reparieren, bohren und bearbeiten würden!

Meine Mutter, Alija und Zehra durchkämmten währenddessen unsere Schränke und die Abstellkammer nach Töpfen, Geschirr und Küchenutensilien, die wir entbehren konnten und die Laura und ich ebenfalls in die Wohnung schleppten. Einen Herd und eine Spüle wollte ihnen die Familie, bei der Alija arbeitete, in den nächsten Tagen vorbeibringen. Am Ende des Nachmittags sah die Wohnung tatsächlich etwas wohnlicher aus. Sogar ein kleines gerahmtes Bild hing über der Couch an der Wand. Es zeigte eine weiße Steinbrücke mit einem hohen, spitzen Bogen und zwei steinernen Brückentürmen, die über einen türkisfarbenen Fluss führte. „Das ist die alte Brücke in Mostar", erklärte Alija, als sie bemerkte, dass ich das Bild betrachtete. „Sie hat früher das muslimische Ufer der Stadt mit dem christlichen verbunden. Jetzt ist sie aber kaputt." Bevor ich fragen konnte, wieso die Brücke kaputt war, unterbrach mein Vater uns und winkte Alija und Remzo zu sich an den Couchtisch. Denn eine Sache fehlte noch: Der Mietvertrag war noch nicht unterschrieben. Mein Vater hatte einen Mustermietvertrag ausgedruckt und setzte sich nun mit den beiden auf die braune Couch, um ihn durchzugehen und zu unterschreiben. „Was heißt dieser Satz? Was steht hier?“ Der Mustermietvertrag brachte Remzo erneut an seine sprachlichen Grenzen. Geduldig gab mein Vater sein Bestes, dem neuen Mieter zu erklären, was genau er im Begriff war zu unterschreiben. Nach einer halben Stunde konnte ich ein leichtes Zucken an seinem Augenwinkel beobachten, während Remzo jeden einzelnen Paragrafen detailliert erläutert wissen wollte.

„Vielen Dank!“, sagten Remzo und Alija immer wieder, als wir uns schließlich verabschiedeten und durch den Durchgang im Haus nach oben in unsere eigene Wohnung gingen.

Beim Abendessen waren die neuen Untermieter noch immer Thema. „Wieso haben die keine Möbel?“ „Wo genau ist Bosnien?“ „Warum ist da Krieg?“ Die Neugier von meiner Schwester und mir war unerschöpflich. Meine Eltern taten ihr Bestes, unsere Fragen zu beantworten. Mit einem Mal machte meine Mutter eine Handbewegung. „Psst, hört mal.“ Wir lauschten. Von unten drangen laute Stimmen durch das Treppenhaus zu uns herauf. „Streiten die?“, fragte mein Vater. Deutlich hörten wir Alijas hochfrequente Stimme, die lautstark und mit Nachdruck Wortsalven abfeuerte. In ihren Redepausen brummelte Remzos tiefer Bariton, nicht weniger aufgeregt. Für uns war das neu. Von unseren bisherigen Untermietern hatten wir selten etwas mitbekommen, geschweige denn gehört. Wir hatten eine friedliche Koexistenz im selben Haus geführt, freundlich gegrüßt, hin und wieder die Blumen gegossen. Nicht mehr, nicht weniger.

„Na, das geht uns nichts an“, beendete meine Mutter die Spekulationen und wir bemühten uns nach Kräften, die Stimmen aus dem Untergeschoss im Folgenden diskret zu überhören. In den nächsten Wochen sollten wir herausfinden, dass sich eine normale bosnische Unterhaltung für Unsereins schnell wie ein handfester Streit anhört, und nur weil es laut ist, noch lang kein Grund zur Sorge herrscht. Wenn sich zwei oder mehrere Bosnier tatsächlich streiten, hat das eine ganz andere Qualität und Lautstärke.

Als ich an diesem Abend in meinem Bett unter dem Dachgiebel lag, konnte ich noch immer leise das Wechselspiel der Stimmen von Remzo und Alija hören. Die nächsten zehn Jahre, bis ich mit einundzwanzig aus meinem Elternhaus auszog, würde das das Geräusch sein, das mich – in den verschiedensten Variationen – abends in den Schlaf begleitete.

4

KAFFEE

Sinsheim, Februar 1995

Remzo erzählt:

„Am nächsten Tag habe ich meinen Vermieter nachmittags erneut vor dem Haus getroffen. Ich habe ihn wieder eingeladen, zu uns zum Kaffeetrinken zu kommen. ‚Nein!‘, hat er gesagt. ‚Ich kann nicht!‘ ‚Warum?‘, habe ich gefragt. Für Kaffee muss man immer Zeit haben. ‚Ich kann keinen Kaffee trinken!‘, hat mein Vermieter gesagt. Ich habe mich gewundert, gestern konnte er doch auch Kaffee trinken. ‚Komm, der Mensch muss Kaffee trinken!‘ Mein Vermieter hat dann gesagt, er würde ja gern kommen. Aber er hat letzte Nacht nicht geschlafen, weil unser Kaffee so stark war. ‚Ich dachte, ich bekomme einen Herzinfarkt!‘ Von

einer Tasse Kaffee! Die Deutschen können vieles sehr gut, aber nicht so gut sind sie im Kaffeetrinken. Schließlich habe ich ihn überredet. Nachdem er einen Monat jeden Tag Kaffee getrunken hat, konnte er dann auch wieder schlafen.“

„Kommen Sie Kaffeetrinken!“ Es war keine Frage, sondern eine energische Aufforderung. Mein Vater und ich waren gerade vor unserem Haus aus dem Auto gestiegen, die Arme voll mit dem Wochenendeinkauf. Remzos Kopf ragte aus seiner Wohnungstür, er winkte einladend mit den Händen, um seine Worte zu unterstreichen. „Hajde, hajde!“ Wir konnten schlecht ablehnen. Mein Vater trank damals schon gern Unmengen an Kaffee, außerdem wollten wir nicht unhöflich sein. Wir stiegen die wenigen Stufen zur zweiten Haustür hinunter, deponierten den Einkauf vorerst im Hausflur und betraten die Wohnküche von Remzo und Alija.

Die Wohnung im Untergeschoss hatte seit ihrem Einzug vor ein paar Tagen eine erstaunliche Wandlung durchlebt. Von Bekannten oder über Secondhand-Anzeigen hatten die beiden ein Bett, einen kleinen Couchtisch und ein Küchenregal erhalten. Es passte zwar alles nicht zusammen, aber zumindest vermittelte die Wohnung jetzt nicht mehr den Eindruck eines leeren Veranstaltungsraums im Gemeindehaus.

Auf unserem alten braunen Sofa mit den beigefarbenen Streifen saßen bereits meine Mutter und Laura. „Hallo, hallo!“, begrüßte uns Alija vergnügt. „Setzt euch!“ Wir quetschten uns neben Laura und meine Mutter, Remzo nahm auf einem der Küchenstühle Platz, den er sich neben den Couchtisch stellte, was dazu führte, dass seine Knie ungefähr in Tischplattenhöhe vor uns aufragten. Von meinem Sofaplatz beobachtete ich fasziniert, wie Alija in der Küche herumwuselte. Kaffeemachen ist in Bosnien nicht irgendeine Nebensächlichkeit, bei der man eine Filtermaschine anwirft oder auf einen Knopf des Vollautomaten drückt. Es ist ein Handwerk, ein Lebensgefühl, ein soziales Event und vor allem Tradition.

Alija füllte mehrere Löffel pechschwarzen Kaffeepulvers in eine silberfarbene Edelstahlkanne. Dann erhitzte sie Wasser in einem Wasserkocher. Das kochende Wasser wurde auf das Kaffeepulver gegossen, bis die Kanne halb voll war. Dann stellte sie die Kanne auf die heiße Herdplatte. Als das Gemisch anfing zu brodeln, wurde das restliche Wasser aufgegossen, die Kanne vom Herd genommen und der Kaffee mit einem Löffel leicht durchgerührt. Vier winzig kleine Mokkatassen standen schon auf einem Tablett bereit. In jede von ihnen ließ Alija jetzt ein Stückchen Würfelzucker fallen. Dann verteilte sie den Kaffeeschaum, der sich durch das Rühren gebildet hatte, gleichmäßig auf die Tassen. Jetzt erst wurde der eigentliche Kaffee hinterhergegossen.

„Für mich nur die Hälfte“, warf meine Mutter gerade noch rechtzeitig und in weiser Voraussicht ein. Laura und ich nuckelten an einer Limonade und schauten zu, wie unsere Eltern mit den kleinen Tässchen hantierten. Die Routine, die sie mittlerweile dabei haben, musste sich erst noch entwickeln. „Und, wie findet ihr den bosnischen Kaffee?“, fragte Remzo, nachdem er seine Tasse schlürfend geleert hatte. „Sehr gut!“, beteuerten meine Eltern, obwohl der Kaffee meiner Mutter zu 50 Prozent aus Zucker bestehen musste und mein Vater noch damit kämpfte, die henkellose Tasse nicht fallenzulassen. „Aah, gut“, nickte Remzo zufrieden.

5

TEILUNG

Domanovici, Frühjahr 1993

Alija erzählt:

„Nur einen Tag, nachdem die serbischen Soldaten abgerückt waren, ist schon das kroatische Militär von Capljina her nachgekommen. Sie haben die Häuser nach Serben durchsucht, die zurückgeblieben waren. Viele Leute haben sich in ihren Kellern versteckt, weil sie nicht wussten, was passiert. Ohne Fernsehen und Zeitung war die Situation sehr unklar. Das waren chaotische Tage.

Die Hausmeisterin an meiner alten Schule war Kroatin. Sie hatte Angst und hat sich zusammen mit ihren muslimischen Nachbarn in einem Keller versteckt. Kroatische Milizen sind in den Keller gekommen und haben gefragt, ob jemand serbisch ist. Die Hausmeisterin hat gesagt: „Ja, ich!" Sie dachte, das wären serbische Soldaten und wollte sich nicht als Kroatin zu erkennen geben. Sie haben sie rausgebracht und an Ort und Stelle erschossen."

Zu Bayram zogen die serbischen Soldaten ab. Lastwagen hinter Lastwagen rollte die Dorfstraße von Domanovici in Richtung Stolac hinunter. Den Soldaten, die auf den Ladeflächen hockten, sah man die Strapazen der letzten Monate und vor allem der letzten paar Tage in den Gesichtern an. Die, die neben den Lastwagen herliefen, gingen gebückt und nicht länger aufrecht wie bei ihrem Einmarsch und ihren Patrouillen durch das Dorf.

Die Gerüchte und wenigen Nachrichten, die ohne Strom bis in die kleinen Bergdörfer vorgedrungen waren, hatten also gestimmt, dachte Remzo. Viele Leute hatten nicht glauben wollen, dass Franjo Tudman und Slobodan Milosevic tatsächlich einen Vertrag ausgehandelt hatten. Aber so war es. Die Serben sollten sich bis hinter Stolac zurückziehen. Die Neretva in Capljina stellte nicht länger die Grenze zwischen den Gebieten dar, denn diese verlief jetzt in den Bergen. Jahre später, als der Friedensvertrag von Dayton den Bürgerkrieg in Bosnien beendete und die territorialen Fragen klärte, wurde das Gebiet jenseits von Stolac als Republika Srpska zur eigenständigen serbischen Region innerhalb der Föderation Bosnien und Herzegowina.

Remzo war auf dem Weg zu seinen Feldern Torine und Milinovaca. Er wollte sehen, welche Schäden die Kämpfe der vergangenen Tage angerichtet hatten. Die serbische Militärführung in Capljina wollte den serbischen Zivilisten, die noch zwischen Capljina und Stolac lebten, die Gelegenheit zum geordneten Rückzug geben. Das Militär war deshalb nur langsam in Richtung Stolac und Domanovici abgerückt. Den Soldaten ein bis zwei Tage voraus waren die serbischen Zivilisten geflohen. Remzo hatte viele Familien gesehen, die sich in bis unters Dach beladenen Autos, mit Tieren und Koffern in Richtung Berge aufgemacht hatten. Er verstand die Panik der Leute. Die serbischen Soldaten, Milizen und Freischärler hatten monatelang ein hartes Regiment geführt, sie hatten kroatische und muslimische Häuser geplündert und in Brand gesteckt, Menschen verschleppt und erschossen. Militärs wie Zivilisten fürchteten sich nun vor der Rache der Gegenseite.

Verbrecher gibt es auf allen Seiten, dachte Remzo, als er den Feldweg entlangging. Genauso wie es auf allen Seiten anständige Menschen gibt. Das an der Religion oder der Abstammung festzumachen, war Unsinn. In ihrer Nachbarschaft lebte ein Ehepaar, Goran und Zlatka. Sie war Kroatin, er Serbe. Zlatka war schon vor Monaten mit Emir nach Gradac ans Meer geflohen, während ihr Mann in Spahovina ausharrte und auf das Haus aufpasste. Gestern hatte er Remzo erzählt, dass er jetzt das Haus aufgeben und fliehen wollte. Er hoffte, dass nun seine Frau zurückkehren und ihrerseits auf das Haus aufpassen könnte, bis sich die Lage vollständig beruhigt hätte. Zum Abschied hatte er Alija einen riesigen Korb voll Eier in die Hand gedrückt. Seine Hühner seien fleißig gewesen, hatte er gesagt, und vielleicht könnte sie damit etwas Leckeres zu Bayram kochen? Remzo lief das Wasser im Mund zusammen beim Gedanken an die leckere Patispanja[1], die Alija in diesem Moment zubereitete. Besim, der ältere Sohn ihrer Nachbarin Hurija, half ihr dabei. Der Teig für Patispanja musste sehr lange und ausdauernd geschlagen werden und Besim war immer hilfsbereit und packte gern mit an. Ohne Strom war Kuchenbacken harte Handarbeit.

Remzo war in Torine angekommen und betrachtete seinen Weinberg. Viele Soldaten, Kämpfer und Paramilitärs, auf kroatischer wie auf serbischer Seite, hatten nicht an eine politische Abmachung geglaubt. Oder der gegenseitige Hass verlief zu tief. Die Kroaten waren den abziehenden Serben auf den Fuß gefolgt, hatten sie aus ihrem Gebiet gejagt. Dabei waren immer wieder Kämpfe aufgeflammt, die Frontlinie verlief zeitweise mitten durch diesen Weinberg. Nicht wenige Menschen hatten bei diesen letzten sinnlosen Kämpfen ihr Leben verloren.

Trotzdem war Remzo erleichtert. Der Schaden am Weinberg hielt sich in Grenzen. Es war Frühjahr, an den Weinstöcken hingen noch keine Trauben. Immerhin. Aber der Boden war überall aufgewühlt, viele Pflanzen waren beschädigt und die Drahtseile, an denen sie ranken konnten, zerstört. Einige der Betonpfeiler waren ebenfalls umgestürzt. Alles in allem hätte es schlimmer sein können, dachte er. Er hatte den Weinberg im letzten Jahr ohnehin nicht wie gewohnt bestellen können. Jeden Tag hatte er für die Armee Lastwagen mit dem Holz fahren müssen und ohne Abdulah war es zu viel Arbeit gewesen. Torine lag relativ weit von ihrem Haus entfernt und jeder Gang durchs Dorf war gefährlich gewesen. Er und Alija hatten sich auf die Bewirtschaftung der Felder konzentriert, die näher lagen, wie Kokorica. Aber wenn Abdulah und Salima demnächst aus Gradac zurück sind, überlegte er, können wir uns auch wieder um Torine kümmern.

Remzo ging beschwingter nach Hause als in den ganzen letzten Monaten. So gut hatte er sich lange nicht gefühlt. Das Schlimmste haben wir hinter uns, war er überzeugt. Die Kroaten waren Verbündete. Sicherlich würden sie die muslimische Bevölkerung, deren Soldaten ihnen gegen die Serben zur Seite gestanden hatten, nicht so sehr knechten. Jetzt, wo die Panzer abgezogen worden waren, konnte er vielleicht auch wieder freitags zum Gebet in die Moschee gehen.

„Und, wie sieht es aus?“ Alija war ihm ein paar Schritte die Dorfstraße entgegen gegangen. „Komm, Kaffee trinken, ich habe gerade welchen gekocht!“ Während sie zum Haus gingen, berichtete Remzo seiner Frau von Torine. „Und in Milinovaca ist auch alles in Ordnung“, fügte er hinzu. Auf ihrer Terrasse saßen einige Nachbarn, die zum gemeinsamem Bayram-Feiern gekommen waren. Das Tablett mit den kleinen Tässchen und einer großen Kaffeekanne stand auf dem Tisch. Remzos Cousin Almir, sein Onkel Nihad, Hurija mit ihrem Sohn Besim. Dieser stellte gerade mit verschmitztem Grinsen die Patispanja auf den Tisch. Es war vielleicht kein so großes und ausgelassenes Fest wie normalerweise, und auch der Tisch war nicht so reichhaltig gedeckt wie es an Bayram sonst üblich war, aber Remzo war zufrieden. Die Zeit für ausgelassene Feiern würde schon wieder kommen.

Er betrachtete Alija, wie sie allen Kaffee einschenkte. Sie hatte viel durchgemacht im letzten Jahr, sich selten beklagt, nie den Mut verloren oder sich, wie seine Mutter, ihrer Verzweiflung ergeben. Schon allein um ihretwillen hoffte er, dass jetzt alles wieder besser werden würde. „Vielleicht haben wir sogar bald wieder Strom“, sagte

Almir in diesem Moment. „Dann kann Alija schneller Kaffee kochen“, sagte Nihad grinsend. „Alija, jetzt muss ich dir bald ein goldenes Kleid kaufen!“ „Und eine Medaille!“, rief Almir dazwischen. „Ach“, wehrte Alija lachend ab. „Jetzt warten wir erstmal ab, was passiert.“ „Schlimmer kann es nicht werden als mit den Serben“, sagte Almir optimistisch.

„Alija!“ Remzo winkte seine Frau zu sich ins erste Zimmer. „Wir müssen uns um Bojkos Sachen kümmern.“ Alija nickte. „Heute Abend“, sagte sie nur und verließ das erste Zimmer wieder. Remzo war froh, dass er eine Frau hatte, die ihn sofort verstand und anpackte, wo es nötig war.

Er zog sich sein Arbeitshemd aus und ein sauberes an. Falls es bald wieder Strom gab, dachte er, müssen wir nicht mehr so viel Wäsche sparen. Aber er wusste auch, dass das noch eine Weile dauern konnte. Zerstörung ging immer schneller als Wiederaufbau.

Als Remzo zurück auf die Terrasse kam, betraten gerade drei Männer die Treppe zum Haus. Die Gespräche am Tisch verstummten. „Was macht ihr hier?“, fragte Nihad. Es waren drei serbische Soldaten, oder zumindest sahen sie so aus. Aber sie waren unbewaffnet und ihre Uniformen nicht vollständig. Einer trug Sandalen statt Militärstiefel, ein anderer hatte die Jacke nur locker über die Schulter gehängt. „Remzo, Almir“, wandte sich der vorderste an die Gruppe am Tisch. Jetzt erkannte er ihn. „Danko! Wie geht es dir?“ Er hatte seinen früheren Arbeitskollegen seit Kriegsbeginn nicht mehr gesehen. Er hatte sich verändert, war etwas schmaler geworden als er ihn in Erinnerung hatte. Aber das traf vermutlich auf sie alle zu.

Wie Remzo und Almir hatte auch Danko vor dem Krieg in Capljina gearbeitet. Damals waren sie gut miteinander ausgekommen. Ob jemand orthodox, katholisch oder muslimisch war, hatte weder Arbeitgeber noch Kollegen interessiert. Das hatte sich geändert. Aber Danko war ein guter Mann, der die Soldatenuniform, wie so viele, nur gezwungenermaßen getragen hatte.

Danko blickte verlegen auf den Boden. „Habt ihr etwas zu essen für uns?" Auch seine beiden Kameraden erröteten jetzt. „Wir haben nichts und bis Serbien ist es noch weit." Remzo und Alija tauschten einen einverständigen Blick. „Setzt euch", sagte Alija und rückte zwei weitere Stühle heran. „Wir wollten ohnehin gerade essen." Viel hatten sie nicht, aber Alija holte für alle Brot und Käse aus der Küche und etwas getrocknetes Fleisch, dazu gab es die Patispanja. Remzo ging zur Zisterne und schöpfte einen Krug Wasser, den er ebenfalls auf den Tisch stellte. „Wie wollt ihr nach Serbien kommen?", fragte Almir seinen früheren Arbeitskollegen. „Zu Fuß", sagte Danko mit vollem Mund. „Erstmal bis Stolac und dann sehen wir weiter, vielleicht finden wir von dort eine Mitfahrgelegenheit." „Meine Familie ist schon vor zwei Tagen losgefahren", berichtete einer der beiden anderen Männer. „Ich weiß nicht genau, wo sie jetzt sind." Alle am Tisch nickten verständnisvoll und Nihad klopfte dem Mann auf die Schulter. Sie alle hatten von ihren Verwandten, Frauen, Müttern, Schwestern und Kindern, die Emir nach Gradac gebracht hatte, in den letzten Monaten nur wenig und unregelmäßig gehört.

Bald war die Patispanja restlos verspeist. Remzo dachte, dass dieses gemeinsame Abendessen mit drei serbischen Männern, die jetzt plötzlich von Besatzern zu

Geflüchteten geworden waren, auch wieder ein Stück Rückkehr in die Normalität bedeutete.

Und dann dachte er an Bojko, seinen serbischen Ziehbruder. Die Familie von Bojko lebte ebenfalls in Spahovina, etwas oberhalb von Remzos Elternhaus. Von Bojkos Terrasse aus konnte man die andere Seite des Berges sehen, die bewaldeten Hügel erstreckten sich in Richtung Metkovic und Hutovo Blato. Remzo und Bojko waren im Abstand von nur wenigen Wochen geboren. Nach seiner Geburt hatte Salima zu wenig Muttermilch gehabt. Deswegen hatte Bojkos Mutter Remzo ebenfalls gestillt. Die beiden waren aufgewachsen wie Brüder, hatten zusammen auf der Dorfstraße gespielt und waren gemeinsam in die Grundschule gegangen. Obwohl Bojkos Familie serbisch war, waren sie unter den Ersten gewesen, die Domanovici verlassen hatten, als die serbischen Soldaten sich in der Grundschule breitgemacht hatten. „Wer weiß, was passiert?“, hatte Bojko damals zu Remzo gesagt. „Krieg ist immer unberechenbar.“ Er hat recht gehabt, dachte Remzo. Jetzt war es gut für Bojko und seine Familie, dass sie bereits fort und in Sicherheit waren.

Die serbischen Soldaten, die keine Soldaten mehr waren, standen auf. Sie reichten jedem am Tisch die Hand und Danko sagte: „Habt vielen Dank! Zum Glück gibt es noch gute Menschen wie euch, die nicht danach“ – er deutete auf seine Uniform – „urteilen.“

Wenige Stunden später, als es fast dunkel geworden war, holte Remzo Bojkos Ersatzschlüssel aus seinem Versteck im Stall. Er hatte ihn ins Stroh unter den Kuhmist geschoben, zusammen mit wichtigen Dokumenten, ihren Pässen und einem Bündel Bargeld. Nicht das angenehmste Versteck, dachte er, als er mit Handschuhen nach dem Plastikumschlag tastete. Aber ein sicheres. Im Haus oder im Keller wäre das Risiko zu groß gewesen, dass die Sachen von Plünderern gefunden wurden. Aber wer wühlte schon im Kuhstall? Draußen wartete Alija mit einer Schubkarre. Schweigend gingen sie die Straße zu Bojkos Haus hinauf.

Es war ein merkwürdiges Gefühl, nicht mehr hinter jeder Ecke eine Patrouille Soldaten zu befürchten. Die Beklemmung, die sie im letzten Jahr jeden Tag und bei jedem Schritt begleitet hatte, wollte nicht recht weichen. Das Gefühl hatte sich festgesetzt, war tief unter die Haut gedrungen und ließ sich nicht einfach so abschütteln.

In Bojkos Haus war schon seit vielen Monaten niemand gewesen. Remzo hatte zwei oder drei Mal nach dem Rechten gesehen, aber das wäre eigentlich nicht nötig gewesen. Die serbischen Soldaten hatten das Haus eines anderen Serben nicht angetastet und es gab keine Blumen zu gießen oder ähnliches. Hin und wieder durchzulüften hatte ausgereicht. Heute aber waren sie aus einem anderen Grund gekommen. „Zuerst den Fernseher", sagte Remzo. Er schaute sich um. Die meisten Sachen würden sie mit der Schubkarre abtransportieren können. Nur für die Waschmaschine musste er die Sackkarre holen.

Es dauerte mehrere Stunden, bis sie alles weggeschafft hatten. Jetzt stapelte sich Bojkos halber Hausstand im hinteren Teil des Stalles. Kühlschrank, Fernseher, das gute Kaffeeservice – sie hatten alles, was von Wert war, aus dem Haus geholt und zu sich gebracht. Remzo rechnete damit, dass die kroatischen Milizen und Banden nicht lange warten würden, bis sie serbische Häuser durchsuchten, zerstörten und ausraubten. Warum sollten sie die Serben anders behandeln, als die Serben sie behandelt hatten? Aber immerhin konnten sie Bojkos Sachen retten. Wenn er dann irgendwann zurückkehrte, musste er nicht alles neu anschaffen.

Zu diesem Zeitpunkt rechnete Remzo nicht damit, dass sie selbst auch ihr Hab und Gut zurücklassen und Jahre später noch einmal ganz von vorn würden beginnen müssen.

6

PAPIERE

Sinsheim, Frühjahr 1996

Mein Vater erzählt:

„Die montägliche Sprechstunde fand vielleicht drei oder vier Jahre lang statt. Es waren fast ausnahmslos nette und ehrliche Leute, die ganz normale Anliegen hatten, aber an der deutschen Bürokratie gescheitert sind. Mit vielen hatten wir auch später noch ein freundschaftliches Verhältnis, das teilweise bis heute andauert.

Besonders gut ist mir Remzos Bekannter Mirso in Erinnerung. Der hat sich über die Jahre ein Geschäft aufgebaut, indem er Möbel und andere Güter für den Wiederaufbau von Deutschland nach Bosnien transportiert hat. Mich hat er immer gebraucht, um die Papiere für den Zoll auszufüllen – eine Arbeit von gut eineinhalb Stunden.

Meist stand er ohne Voranmeldung abends um zehn Uhr bei uns vor der Tür, den Lastwagen schon beladen für die Abfahrt am nächsten Morgen, und wollte, dass ich ihm noch schnell mit den Zollpapieren helfe. Irgendwann habe ich mich geweigert, das immer ad hoc zu machen. Aber Mirso schenkt uns heute noch jedes Jahr eine Kiste Trauben von seinem Weinberg in Domanovici."

„Der Nächste, bitte!" Die Stimme meines Vaters dröhnte vom Arbeitszimmer durchs Haus, den Flur entlang bis in die Küche. Unmittelbar darauf öffnete sich die Küchentür und Emir, der Cousin von Remzo, betrat den Raum, mehrere Dokumente in der Hand. Er ließ sich schwer auf einen der bunten Küchenstühle fallen und zog sich eine Tasse Kaffee heran. Im selben Moment erhob sich Nihad, klemmte sich ebenfalls mehrere Zettel und einen Briefumschlag unter den Arm, und verschwand in den Flur. Ich hörte die Tür zum Arbeitszimmer meines Vaters ins Schloss fallen.

„Willst du ein Stück Kuchen?", fragte mich Alija, während sie die Schichttorte aus Biskuit, Pudding und Sahne in Dreiecke schnitt und Remzo und den übrigen Männern am Küchentisch jeweils eines vor die Nase stellte. Ich schüttelte den Kopf. Ein Stück dieses Kuchens liefert gemeinhin Energie für mehrere Tage und ich war noch satt vom Mittagessen. „Magst du nicht?", brummte Remzo, sich eine Zigarette anzündend. Ich beeilte mich, den bosnischen Kuchen im Allgemeinen und Alijas Torte im Besonderen in den höchsten Tönen zu loben, bis Remzo mich zufrieden anlächelte, etwas auf Bosnisch zu den anderen Männern sagte und mir dabei hart aber herzlich Hinterkopf und Schultern tätschelte.

Die Männer unterhielten sich so leise miteinander, wie es mehreren Bosniern eben möglich war und Alija wirbelte durch unsere Küche, verteilte Kuchen, kochte Kaffee, räumte die Spülmaschine aus und war beständig in Bewegung. Ein normaler Montagnachmittag, der sich in dieser Form bis in den Abend ziehen würde.

Vor ein paar Monaten hatte es angefangen. Wir saßen gerade beim Mittagessen, als es an der Tür klingelte. Laura und ich lieferten uns einen von Neugier getriebenen Wettlauf zur Tür, den ich mit wenigen Zentimetern Vorsprung gewann, rissen die Haustür auf und sahen uns sechs oder sieben Männern und Frauen gegenüber, die sich auf unserer Türmatte drängelten. Ich konnte mich nicht erinnern, einen von ihnen schon einmal gesehen zu haben. Allerdings hatten Remzo und Alija eine sehr weitläufige Verwandtschaft, deren Mitglieder zum größten Teil im nordbadischen Raum lebten und in der Wohnung im Untergeschoss unseres Hauses herrschte, vor allem an den Wochenenden, ein reges Kommen und Gehen. Es war also nicht ausgeschlossen, dass die Truppe sich schlicht und einfach in der Wohnungstür geirrt hatte. Mit elf beziehungsweise neun Jahren ist es unmöglich, sich alle Gesichter zu merken, denen man über Monate hinweg vorgestellt wird. Zudem verbrachten Laura und ich die Wochenenden lieber damit, zu spielen und Freunde zu treffen, als in einer verrauchten Wohnung mit einem Dutzend Bosnierinnen und Bosnier um den Couchtisch zu knien und zu radebrechen.

„Papa?“, fragte der vorderste Mann an uns gewandt höflich, gefolgt von einem „Remzo?“ angesichts unserer verdutzten Gesichter, aber Laura hatte bereits tief Luft geholt, um nach unseren Eltern zu rufen. Während die beiden im Hausflur Hände schüttelten und versuchten, das Anliegen der Männer zu ergründen, lugte ich an den unangemeldeten Besuchern vorbei. In unserer Einfahrt parkte ein kleiner, weißer, mehrsitziger Bus mit Karlsruher Kennzeichen. „Die sind aus Karlsruhe“, informierte ich meine Mutter, die damit offensichtlich recht wenig anfangen konnte und ratlos mit den Schultern zuckte.

„Doktor!“ Einer der Männer fuchtelte mit einem großen Briefumschlag vor dem Gesicht meines Vaters herum. „Ich bin kein Arzt“, wehrte sich mein Vater erstaunt. „Ich bin Lehrer!“ Aber der Besucher gab noch nicht auf, fischte ein Blatt Papier aus dem Umschlag und hielt es meinem Vater vors Gesicht: „Papiere!“

Da begann meinem Vater zu dämmern, was hier vor sich ging. Egal, ob Korrespondenz mit der Ausländerbehörde, mit dem Arbeitsamt oder sonstige Formen von Verwaltungsvorgängen: Die meisten Geflüchteten waren mit der deutschen Bürokratie heillos überfordert, unabhängig von der individuellen Sprachkenntnis. Seitdem Remzo und Alija bei uns eingezogen waren, hatte mein Vater den beiden bei jeglichen Behördenfragen geholfen, Schreiben formuliert und versucht, das Bürokratendeutsch in eine halbwegs verständliche Sprache zu übersetzen. Diesen Service hatte er mittlerweile, mehr oder weniger freiwillig, auf die meisten Familienmitglieder ausgeweitet, und sowohl Alijas Bruder Kemal als auch ihr Schwager

Selman fragten ihn oft um Rat, wenn sie „Papiere“ geschickt bekamen.

Nun war auch der Verursacher des Tohuwabohus zu uns gestoßen. „Ich kenne diese Männer“, verkündete Remzo noch aus dem Treppenhaus, auf halbem Weg zwischen unserer und seiner Wohnung, um mit ein paar scharfen bosnischen Worten Ruhe in die Aufregung zu bringen. „Das sind Kollegen von mir und Emir aus Karlsruhe.“ In Bosnien wird das Wort „Kollege“ häufig inflationär für jegliche Form der nahen oder entfernten Bekanntschaft verwendet. Ein „Kollege“ kann ein guter Freund sein, ein flüchtiger Bekannter oder ein Arbeitskollege im tatsächlichen Sinn. Damit erfuhren wir lediglich, dass Remzo diese Männer irgendwoher kannte oder zumindest jemanden kannte, der sie kannte – vermutlich sein Cousin Emir, der mit seiner Familie in Karlsruhe lebte. „Sie wissen, dass du ein guter Mann bist und ihnen mit den Papieren helfen kannst“, fuhr Remzo fort, während er in seinem schlurfenden Schritt die letzten Stufen in unseren Flur überwand. „Sie sind extra aus Karlsruhe hierhergefahren.“ Damit blickte er zufrieden um sich, augenscheinlich stolz, dass er mit solch einem fähigen und kompetenten Mann befreundet war, zu dem die Leute sogar aus dem sechzig Kilometer entfernten Karlsruhe anreisten, um seinen Rat zu hören.

„Aber Remzo, ich bin kein Anwalt“, wandte mein Vater schwach ein. „Ich kann keine Rechtsberatung machen. Sag ihnen das bitte!“ Ob diese Einschränkung der Kompetenzen meines Vaters tatsächlich bei den Ratsuchenden ankam, konnten wir nur vermuten, jedenfalls redete Remzo auf Bosnisch auf die Besucher ein. Strahlende Gesichter allerorten. „Räum mal den Tisch ab“, wies mich meine Mutter pragmatisch und in weiser Voraussicht an. Und an meine Schwester gewandt: „Geh bitte zu Alija und frag sie, ob sie Kaffee machen kann."

Seit jenem Tag saß jeden Montagnachmittag, wenn ich aus der Schule kam, eine Handvoll Bosnierinnen und Bosnier an unserem Küchentisch. Die „Sprechstunde" bei Doktor Kringe hatte sich in der bosnischen Community in Windeseile verbreitet und die Kollegen von Remzo kamen mit einem bunten Sammelsurium an Anliegen: Kontoeröffnungen, Arztrechnungen, Import- und Exportbestimmungen von Gütern aller Art. Die Ordner auf dem Schreibtisch meines Vaters wurden mit den Jahren immer dicker.

„Du sollst doch nicht in der Küche rauchen!" Meine Mutter streckte den Kopf zur Küchentür herein und funkelte Remzo missbilligend an. Die Zusammenkünfte in der Wohnung im Untergeschoss hatten häufig zur Folge, dass der Zigarettenrauch, den zehn bis fünfzehn bosnische Männer und Frauen produzierten, bis zu uns nach oben zog. Vor kurzem hatten meine Eltern daher ein Rauchverbot für unseren Teil des Hauses ausgesprochen. „Ah, Schuldigung." Remzo zog den Kopf ein wie ein gescholtener Schuljunge. Dann grinste er plötzlich. „Wenn der Rauch draußen bleibt, darf ich rauchen, oder?" „Jaaa ...", erwiderte meine Mutter vorsichtig, hinlänglich vertraut mit seiner Schlitzohrigkeit und wohl wissend, dass ihm höchstwahrscheinlich eine Möglichkeit einfallen würde, das Verbot zu umgehen. „Pass auf", zwinkerte er mir zu, griff sich die Tageszeitung von der Fensterbank, rollte sie in die Form einer Schultüte und schob dann das breite Ende durch die Öffnung des gekippten Fensters. Dann zog er tief an seiner Zigarette und blies den Rauch in das Ende der Zeitungstüte, das er noch in der Hand hielt. „Guck“, strahlte er meine Mutter an, „der Rauch bleibt draußen.“ „Hrmpf“, zog sie grummelnd die Tür zur Küche und zu vier grinsenden und feixenden Männern hinter sich zu.

7

ABWEHR

Spahovina, Juli 1993

Remzo wusste von Anfang an, dass es ein sinnloses Unterfangen war. Trotzdem hatte er sich, ohne ein Wort darüber zu verlieren, den anderen Männern aus Spahovina angeschlossen. Sie waren die, die übrig waren. Sie waren die, die ihre Heimat unbedingt verteidigen wollten. Sein Onkel Nihad, sein Cousin Almir, der junge Besim und noch eine Handvoll andere Männer.

Nach dem Abzug der Serben war nichts besser geworden. Innerhalb von zwei bis drei Monaten hatten die Spannungen auch zwischen Kroaten und Muslimen zugenommen. Die wenigen Nachrichten, die über die Radiostationen in Capljina durchdrangen, berichteten von den Aggressionen kroatischer Söldner und Soldaten gegen Muslime im ganzen Land. Auch in Domanovici waren schon viele Männer festgenommen und in Gefangenenlager gebracht worden. Dabei hatten die Zeichen anfangs auf Entspannung gestanden. Die Serben, Zivilisten wie Militär und Paramilitär, waren fast vollständig geflohen, und für die bosnischen Muslime normalisierte sich das Leben. Man konnte freitags wieder in die Moschee zum Beten gehen, und auch die Geflüchteten aus Gradac waren zurückgekehrt. Remzo und Abdulah hatten bereits Pläne gemacht, wie sie ihre Landwirtschaft wieder aufbauen würden, auf welchen Feldern sie welches Obst anbauen wollten. Remzo wollte unbedingt eine große Feigenplantage. Feigen hatte er schon als Kind geliebt und er glaubte, dass sie sich gut verkaufen ließen.

Als er mit den anderen Männern in Milinovaca ankam, war von den Soldaten noch nichts zu sehen. „Was machen wir jetzt?“, fragte er provokant und laut in die Runde. Zu beschließen, die Soldaten aufzuhalten und ihnen den Zutritt nach Spahovina zu verwehren, war eine Sache. Sich als eine Handvoll Bauern gegen einen bewaffneten Trupp zur Wehr zu setzen, war eine völlig andere. Aber wehren wollten sie sich. „Vielleicht können wir Holz auf die Straße legen, dann können sie nicht durchfahren?“, schlug Almir vor. Remzo schüttelte innerlich den Kopf.

Bisher waren die kroatischen Soldaten, die in Domanovici stationiert waren, alle aus der Gegend gewesen. Männer aus Capljina und aus Domanovici und seinen Dörfern, ehemalige Bauern, Arbeiter, Kollegen, die seit Kriegsbeginn im Militär dienten. Wie schon während der serbischen Besatzung waren Nachbarn und sogar Verbündete plötzlich zu aggressiven Gegnern geworden. Inzwischen sprach man davon, dass die kroatische Regierung eine rein kroatische Herzegowina erschaffen wollte. Da die

Serben bereits gegangen waren, standen diesem Vorhaben nur noch die Muslime im Weg. Gegen diese sollte nun mit aller Härte vorgegangen werden.

Deshalb war Verstärkung angefordert worden. Weitere Truppen aus Ljubuski und dem kroatischen Hinterland waren unterwegs, gestern hatten sie bereits Capljina erreicht. Ihre Ankunft hatte sich schnell herumgesprochen. Als man in Spahovina davon hörte, waren die verbliebenen Männer sich einig: Sie wollten ihr Dorf verteidigen und den heranrückenden Truppen den Einmarsch verwehren.

Es war ein Akt der Verzweiflung und in Remzos Augen eine ebenso dumme wie gefährliche Idee. Aber er konnte auch verstehen, dass niemand zu Hause sitzen und abwarten wollte, bis er ins Lager gebracht wurde. Ihm selbst ging es genauso. Die Frauen und Kinder hatten sie, bevor sie aufgebrochen waren, nach Cuckovina geschickt. Alija war bei ihrer Familie in Sicherheit. Spahovina lag wie ausgestorben da, nur noch die Tiere, Kühe, Hühner und Schafe sowie vereinzelte kroatische Nachbarn waren jetzt dort. Sie riskierten ihr Leben für ein Geisterdorf. Es war die reine Hilflosigkeit.

Milinovaca war ein guter Ort für eine Straßensperre. Rechts und links der schmalen Straße wuchsen Bäume, davor rankten dichte Brombeerhecken in die Höhe. Die nächsten bewohnten Häuser waren einige hundert Meter entfernt. Wenn die Männer nach Spahovina wollten, würden sie hier vorbei müssen. „Remzo“, sagte Nihad, „fass mal mit an!“ Er deutete auf das untere Ende des großen Astes, den er eben aus der Brombeerhecke zerrte. Remzo bückte sich und dabei wanderte sein Blick die Straße hinunter. Sofort richtete er sich wieder auf. „Sie kommen!", sagte er ruhig. Die anderen Männer hielten inne. Hinter der nächsten Biegung war ein Militärfahrzeug erschienen. Vollbeladen mit bewaffneten Soldaten kroch es langsam auf sie zu. Dahinter kam schon das nächste in Sicht und dahinter, auch wenn man sie noch nicht sehen konnte, würden mehr kommen.

Das vorderste Fahrzeug hielt plötzlich an. Soldaten sprangen von der Ladefläche, knieten sich auf die Straße und legten ihre Gewehre an. „Lauft, lauft!" Ein vielstimmiger Schrei, aus mehreren Kehlen. Und Remzo rannte. Sie alle rannten so schnell sie konnten die Straße entlang nach Spahovina. Er hörte die Schüsse, aber er hielt nicht an. Er konnte nicht sagen, ob die Kugeln in seiner Nähe einschlugen oder über ihre Köpfe hinweg flogen. Er rannte, nur darauf konzentriert, nicht zu stolpern oder zu stürzen. Einmal glaubte er, hinter sich einen Schmerzensschrei zu hören, aber er blieb nicht stehen, drehte sich nicht um. Vielleicht hatte er es sich auch nur eingebildet, weil er erwartete, dass jeden Moment eine Kugel ihr Ziel fand.

In Spahovina stoben die Männer auseinander. Remzo packte Almir am Arm, der eben in sein Haus abbiegen wollte. „Nicht! Da finden sie dich sofort!" Er zeigte auf das Waldstück Richtung Cuckovina. „Los, da runter!" Er konnte hinterher nicht mehr sagen, wie sie es geschafft hatten. Aber sie erreichten den Schutz der Bäume unverletzt. Die beiden sahen sich an, noch aschfahl im Gesicht. „Hast du mitbekommen, ob jemand verletzt wurde?", fragte Remzo, als er wieder etwas Atem geschöpft hatte. Almir schüttelte langsam den Kopf. „Ich weiß nicht", sagte er. „Mir war kurz so, aber ... es ging alles so schnell!", fügte er flüsternd hinzu. „Was machen wir jetzt?" „Was sollen wir schon machen? Wir bleiben erstmal hier.“ Wenn sie zurück nach Spahovina gingen, würden die Soldaten sie finden und ins Lager bringen. Wenn sie zu ihren Familien nach Cuckovina gingen, würden sie diese in Gefahr bringen und hätten bestenfalls ein wenig Zeit gewonnen. Cuckovina war in der Marschrichtung der Soldaten das nächste Dorf. Ihm stand zweifellos dasselbe Schicksal bevor wie Spahovina. „Ich habe mit Alija ausgemacht, dass wir uns heute Nacht hier treffen, falls es schiefgeht. Sie wird kommen.“

8

DER PLAN

Cuckovina, Juli 1993

Alija wartete, bis es vollständig dunkel war. Die Julitage waren lang und sie konnte erst spät losgehen. Aber sie hatte alles vorbereitet: Sechs Rationen Brot, Käse und Fleisch und sechs Flaschen Wasser standen in der Küche bereit. Es war ein heißer Tag gewesen, Remzo und Almir würden bestimmt durstig sein.

Seit drei Tagen lebten die beiden im Wald zwischen Spahovina und Cuckovina. Außer Remzo und Almir hatten sich nur Nihad und Abdulah dem Zugriff der kroatischen Soldaten entziehen können und harrten weiterhin in Spahovina aus. Die anderen waren gefunden und weggebracht worden. Manche hatten kaum Zeit gehabt, sich von ihren Familien zu verabschieden. Von dem jungen Besim fehlte seit der Schießerei jedes Lebenszeichen.

In dem Wäldchen, in dem Alija, Remzo, Almir und Nihad einen Sommer zuvor Schutz vor der Rache des betrunkenen serbischen Soldaten gesucht hatten, hatten Remzo und Almir sich provisorisch eingerichtet. „Ich gehe nicht ins Lager“, hatte Remzo gesagt. „Besser tot als in Dretelj!“ Almir hatte sich dieser Meinung angeschlossen. Alija brachte ihnen nachts etwas zu essen und sauberes Trinkwasser. Das war riskant. Sollten die kroatischen Soldaten sie in ihrem Versteck finden, konnten sie froh sein, wenn sie ins Lager kamen und nicht direkt erschossen wurden.

Alija packte das Essen und die Wasserflaschen in eine Tüte und schlich sich aus dem Haus. Sie war bei ihrem Bruder Kemal untergeschlüpft, der mit seiner Frau und seiner Tochter in ihrem Elternhaus in Cuckovina lebte. Fast alle muslimischen Frauen aus Spahovina waren in umliegende Dörfer geflüchtet. Alija kannte den Weg so gut, dass sie ihn auch im Dunkeln mühelos fand. Die Männer hatten sie schon erwartet. Almir stürzte, ohne abzusetzen, sofort eine seiner beiden Wasserflaschen hinunter. „Langsam“, sagte Remzo, „das muss eine Weile reichen.“ Und an Alija gewandt: „Ich will nicht, dass du uns morgen wieder etwas zu essen bringst. Es ist zu gefährlich!“ „Aber ihr müsst etwas essen und trinken!“, wandte sie ein. „Wir schleichen uns morgen Nacht zum Haus“, sagte Remzo. „Wenn es ganz dunkel ist. Bereite aber nichts vor. Wenn Soldaten ins Haus kommen und das sehen ...“ „... wissen sie, dass ihr euch in der Nähe versteckt“, beendete sie den Satz. Es war ihr nicht recht, dass Remzo dieses Risiko auf sich nahm. Ihrer Meinung nach war es wahrscheinlicher, dass die Männer im Haus oder auf dem Weg dorthin auf Soldaten stießen, als dass sie allein bei ihrem Gang in den Wald entdeckt wurde. Aber sie diskutierte nicht. Ihr Mann hatte sehr entschieden geklungen und sie kannte diesen Tonfall.

Am nächsten Morgen ging sie nach Spahovina, um nach ihrem Schwiegervater zu sehen. Sie berichtete Abdulah von Remzos Vorhaben, sich nachts zum Haus zu schleichen. Ihr Schwiegervater war ebenso wenig begeistert von diesem Plan wie sie. „Wir müssen eine andere Lösung finden", sagte er. Alija pflichtete ihm innerlich bei, wusste aber nicht, wie eine solche Lösung aussehen sollte. „Ich habe von zwei kroatischen Männern gehört, die Muslime in Sicherheit bringen können. Ich fahre da jetzt hin." Ohne viel Umschweife stieg Abdulah in Remzos beigefarbenen Peugeot und fuhr los.

Viele Muslime hatten sich nach Mostar oder nach Blagaj geflüchtet, in die muslimische Enklave im kroatisch besetzten Gebiet. Alija hatte allerdings gehört, dass Blagaj, der Ort mit dem Derwisch-Kloster am Fluss, geradezu überquoll vor Geflüchteten, denn man ließ der muslimischen Bevölkerung nur diesen kleinen Streifen Land, während serbische und kroatische Politiker den Rest unter sich aufteilten. So grübelte sie, während sie ihrer Schwägerin Naima im Haushalt zur Hand ging, mit ihrer kleinen Nichte Maida spielte und unzählige andere Kleinigkeiten erledigte, um ihre Hände und ihre Gedanken zu beschäftigen.

Und noch etwas anderes trieb Alija um. Spahovina war jetzt so gut wie ausgestorben, seine Einwohner entweder geflohen, interniert oder bei Freunden und Verwandten in umliegenden Dörfern untergebracht. Wie Alija und Remzo auch hatten die meisten Dorfbewohner ihre Tiere zurückgelassen. Alija beschloss, erneut nach Spahovina zu gehen, und so viele Tiere aus der Nachbarschaft zu füttern wie möglich. Die Tiere zu füttern war ihr wichtig. „Sie können schließlich nicht Bescheid sagen, wenn sie hungrig sind", pflegte sie zu sagen.

„Geh nicht schon wieder nach Spahovina!", warnte Naima eindringlich, als sie Alija im Flur dabei ertappte, wie sie in ihre Turnschuhe schlüpfte. „Es ist zu gefährlich. Wenn die Soldaten noch im Dorf sind und dich entdecken, erschießen oder vergewaltigen sie dich vielleicht. Bitte geh nicht – nur wegen ein paar Tieren!" Alija aber hatte ihren Entschluss bereits gefasst. „In zwei Stunden bin ich zurück", versicherte sie ihrer Schwägerin. „Ich frage Hurija, ob sie mitgeht. Dann bin ich nicht allein." Und bevor Naima noch etwas erwidern konnte, war sie durch die Tür und das Gartentor verschwunden.

Wie Alija nicht anders erwartet hatte, war Hurija sofort bereit, sie nach Spahovina zu begleiten. Die kleine Frau, die schon jetzt nach vorne gebeugt ging und seit Kriegsbeginn immer dünner und dünner geworden war, wollte ebenfalls nach ihren Kühen sehen. Sie teilte Alijas Tierliebe und war, wie sie, bei Verwandten in Cuckovina untergekommen. Alija betrachtete Hurija, wie sie neben ihr hertrippelte. Sie hatte Mitgefühl für die Nachbarin, deren Mann im Gefangenenlager war und von deren Sohn man seit der missglückten Straßenbarriere in Milinovaca nichts mehr gehört hatte. Und trotzdem fand diese Frau das Herz und die Kraft, sich um die Tiere im Dorf zu sorgen. Ich weiß nicht, ob ich das noch könnte, wenn Remzo oder Kemal im Lager oder vermisst wären, dachte Alija.

Aber zu Hause zu sitzen und auf Nachrichten von ihrem Mann oder ihrem Sohn zu warten, war nicht Hurijas Art. Hurija gehörte zum selben Typ Mensch wie Kemal. Der

Typ, der immer etwas tun musste und selten stillsitzen konnte. Alija überlegte, ob sie Hurija überhaupt schon einmal gemütlich auf der Couch oder der Terrasse sitzend angetroffen hatte. Wenn sie sie besuchen ging, war sie normalerweise im Garten oder auf einem der Felder, hackte, grub, pflanze, erntete. Oder sie stand in der Küche, wo sie kochte, einweckte, buk und für die vielen Besucher, die gern auf ein Schwätzchen vorbeikamen, Kaffee kochte.

Kurz hinter der Dorfgrenze zu Spahovina wurde sie aus ihren Gedanken gerissen. „Alija! Hurija! Hajde, hajde!" „Zlatka!" Sie hatte ihre kroatische Nachbarin lange nicht gesehen. „Kommt schnell rein." Zlatka stand in der offenen Haustür und bedeutete ihnen, ihr ins Haus zu folgen. „Besser, wenn uns niemand zusammen sieht!" Alija und Hurija tauschten einen kurzen Blick, dann aber zuckte Hurija mit den Achseln und folgte Zlatka ins Haus. Alijas Augen mussten sich erst an das Dämmerlicht im Hausflur gewöhnen. Sämtliche Jalousien waren heruntergelassen. Sie tastete sich langsam den Flur entlang, hörte einmal, wie Hurija über etwas stolperte, und dann öffnete Zlatka die Tür zum Wohnzimmer, das durch die Terrassentür erhellt war.

„Was macht ihr hier?", fragte sie. „Es ist gefährlich für euch!" „Wir wollen die Tiere füttern", antwortete Alija, mit einem leichten Unterton von Schärfe. Zltaka sah sie verständnislos an, beließ es aber dabei. „Setzt euch." Sie deutete auf das Sofa in der Wohnzimmerecke. „Wir haben leider nicht viel Zeit", sagte Alija und blieb stehen. „Es kommen seit ein paar Tagen immer wieder Soldaten durchs Dorf", berichtete ihre Nachbarin dann ohne Umschweife. „Sie suchen nach Remzo und Almir. Sie waren bei mir und haben gezielt nach den beiden gefragt." Alija wurde flau im

Magen. „Wo auch immer sie sich verstecken“, fuhr Zlatka fort, „sie sind nicht sicher. Ich dachte, das solltest du wissen.“

Nun ließ Alija sich doch auf das Sofa sinken. „Danke“, sagte sie. Sie konnte nur vermuten, woher die Soldaten die beiden kannten. Vielleicht von der Straßensperre, vielleicht hatte einer der Nachbarn aus dem Dorf, der jetzt im kroatischen Militär diente, sie erkannt. Es war auch nicht wirklich von Bedeutung, es änderte nichts.

„Was gibt es sonst noch?“ „Jemand ist gestorben“, sagte Zlatka ernst. „Ein junger Mann, sagt man. Er wurde angeschossen und dann gefangengenommen.“ Alija warf einen Blick hinüber zu Hurija, die bei diesen Worten zusammengesackt war. Auch sie selbst musste sofort an ihren Sohn Besim denken. „Die Soldaten haben ihn in der Kafane gefoltert. Meine Freundin hat gesehen, wie sie die Leiche am Straßenrand vergraben haben. Er hatte viel Blut verloren.“ Zlatka sprach einfach weiter, Hurijas Reaktion war sie nicht gewahr. Doch jetzt entfuhr dieser ein gequälter Schrei. Alijas Freundin schlug die Hände vors Gesicht und fing an zu schluchzen. Zlatka hielt inne und sah Alija bestürzt an. „Es könnte Besim sein“, erklärte diese. „O Gott, das tut mir so leid!“ Die Anteilnahme der Kroatin war ehrlich. „Das wusste ich nicht.“ „Ist schon gut. Danke!“ Alija griff Hurija vorsichtig unter dem Ellbogen und führte sie zur Haustür. „Geh nach Hause“, sagte sie zu ihr, als sie wieder auf der Straße vor Zlatkas Haus standen. „Vielleicht ist es Besim, vielleicht auch nicht. Wir wissen es nicht.“ Doch Hurija sah sie nur stumpf an. „Geh nach Cuckovina zurück“, wiederholte Alija ihre Aufforderung. „Ich mache das mit den Tieren.“

Sie sah der kleinen Frau nach, wie sie langsam nach Cuckovina zurückschlich. Alija hoffte von ganzem Herzen, dass der unbekannte Tote nicht der junge, hilfsbereite Besim war. Aber so oder so, der Vorfall zeigte, zu welcher Brutalität manche der kroatischen Männer fähig waren. Ihre Sorge um Remzo wuchs mit jedem Schritt, den sie auf ihr Haus zutat. Wenn die Soldaten ihn und Almir finden würden, erwartete sie ein ähnliches Schicksal.

Zu Hause war alles ruhig und friedlich. Ihre Hühner liefen gackernd durch den Garten. Sie hatte die Tür zu ihrem Gehege aufgelassen, damit sie sich bewegen und Schatten suchen konnten. Im Hühnerstall fand Alija acht Eier. Sie musste kurz an Zlatkas Ehemann Goran denken, der ihr zu Bayram einen ganzen Korb voll Eier geschenkt hatte. Es schien ihr eine Ewigkeit her zu sein, dass sie mit ihren Nachbarn zu Bayram auf der Terrasse gesessen und mit Besim Patispanja gemacht hatte.

Während Alija ihre Tiere versorgte, wanderte ihr Blick immer wieder, wie magnetisch angezogen, zu dem Waldstück in der Senke zwischen Spahovina und Cuckovina, wo sich Remzo und Almir versteckt hielten. Da sah sie Bewegung auf der Straße. Sie schirmte ihr Gesicht mit der Hand ab, kniff die Augen zusammen. Kein Zweifel, das waren kroatische Soldaten, die die Straße nach Cuckovina hinaufkamen. Alija wurde von einer schrecklichen Angst gepackt. Kemal! Wenn sie jetzt alle jungen muslimischen Männer in Cuckovina einsammelten und ins Lager brachten, wäre er bestimmt dabei.

Sie ließ die Schüssel mit den Eiern stehen und rannte los. Sie war keine gute Läuferin, aber querfeldein waren es nach Cuckovina nur rund zwei Kilometer. Bitte nicht

Kemal, bitte nicht Kemal, bitte nicht Kemal. Wie ein Mantra wiederholte sie die Worte in ihrem Kopf, während sie über Felder und Wiesen rannte, stolperte, über Gräben sprang.

Völlig außer Atem und nassgeschwitzt stürzte sie zwanzig Minuten später ins Wohnzimmer ihres Elternhauses. „Wo seid ihr?“, rief Alija, da niemand im Zimmer war. „Ist alles in Ordnung?“ „Alija!“ Naima kam mit der kleine Maida auf dem Arm aus ihrem Schlafzimmer. „Was ist? Ist was mit Remzo?“ Alija schüttelte den Kopf. „Wo ist Kemal? Ich habe gesehen, dass Soldaten nach Cuckovina gegangen sind. Ich hatte Angst, sie holen ihn.“ „Setz dich“, beruhigte sie ihre Schwägerin. Die sanfte Naima strahlte immer eine gewisse Ruhe aus. Alija merkte bereits, wie sich der Knoten in ihrem Magen löste. „Kemal ist hinten im Garten.“ Doch in dem Moment kam Kemal schon zur Tür hinein. Er hatte Arbeitshandschuhe an. Typisch Kemal, dachte Alija. Immer muss er irgendwas machen.

Sie berichtete erneut, dass sie Soldaten auf dem Weg nach Cuckovina gesehen hatte. Und sie erzählte ihrem Bruder und ihrer Schwägerin auch von den Soldaten, die in Spahovina nach Remzo und Almir gesucht hatten. „Hier war noch niemand“, sagte Kemal. Und fügte etwas lauter hinzu: „Ich gehe nicht einfach so wehrlos ins Lager!“ „Kemal“, wandte Alija sich an ihren Bruder, „leg dich nicht mit den Soldaten an. Einen solchen Streit kannst du nicht gewinnen. Denk an Maida, sie braucht ihren Papa.“ Sie zeigte auf das Kleinkind, das, erschöpft von der Hitze, in Naimas Armen hing. „Niemand legt sich mit irgendjemandem an“, sagte Naima und legte ihrem Mann beruhigend die Hand auf den Arm, als dieser auffahren und etwas erwidern wollte. „Komm in den Garten, Alija, ich mache uns Kaffee.“ Sie drückte Maida ihrem Mann in den Arm und verschwand in der Küche.

Im Garten ließ Alija sich auf einen Stuhl unter den schattigen Weinranken sinken. Ihr Blick schweifte wieder zu dem Waldstück, als hätte er einen eigenen Willen. Wie elektrisiert fuhr sie zusammen. Von der Terrasse ihres Elternhauses aus konnte sie Spahovina sehen und einen Teil der Dorfstraße, der über die Anhöhe zu ihrem Haus führte. Die Anhöhe, die in diesem Moment schwere Fahrzeuge hinauffuhren. Dieses Mal musste Alija nicht blinzeln und nicht zweimal hinsehen. Sie erkannte Militärfahrzeuge mittlerweile auch auf diese Entfernung. Jetzt finden sie ihn, dachte sie. Es mussten viele Soldaten sein, wenn sie in mehreren Fahrzeugen ankamen. Sie finden sie und bringen sie um. „Alija“, setzte Kemal an, doch bevor jemand sie aufhalten konnte, war sie schon losgerannt und hetzte erneut querfeldein, dieses Mal in umgekehrter Richtung, nach Spahovina. Auf halber Strecke bekam sie Seitenstechen und musste kurz innehalten. Ich kann hier nicht rumstehen, dachte sie, und humpelte weiter, ihre Hand in die schmerzende Seite gepresst.

Sie brauchte etwas länger als für den Hinweg. Als sie die letzten Meter zu ihrem Haus stolperte, sah sie den beigefarbenen Peugeot neben dem Stall stehen. „Was ist?“, begrüßte sie ihr Schweigervater, der auf der Terrasse stand. „Die Soldaten“, keuchte Alija. „Haben sie Remzo und Almir gefunden?“ Abdulah machte eine beschwichtigende Handbewegung. „Sie haben Kontrollposten auf der Dorfstraße platziert. Aber sonst nichts. Die Lastwagen stehen auf dem Dorfplatz. Ich bin vor einer halben Stunde gekommen, hier war niemand." Alija ging erleichtert in die Küche und goss sich ein Glas Wasser ein. Ihr Schwiegervater musterte sie. „Wie siehst du denn aus?" Alija blickte an sich herab. Kletten hingen in ihrer Hose, ihre Füße waren schmutzig und große Schweißflecken hatte sich auf ihrem T-Shirt ausgebreitet. Tadelnd zog Abdulah die Augenbrauen hoch.

Dann erzählte er ihr, dass er die beiden kroatischen Schleuser getroffen hatte. „Sie holen Remzo und Almir heute Nacht, wenn es dunkel ist, ab und bringen sie nach Jasenica." „Wo ist das?" Alija kam der Name bekannt vor. „Ein Dorf oberhalb von Capljina, weit in den Bergen, haben sie gesagt", berichtete Abdulah. „Dort leben hauptsächlich Muslime, aber die Kroaten haben es nicht besetzt, weil es so weit entfernt liegt. Dort können sie ausharren, bis das alles vorbei ist." „Oder sie gehen nach Blagaj oder Mostar", fügte sie hinzu. Von diesem Dorf könnten sie sich vielleicht bis in die muslimische Enklave durchschlagen, überlegte sie. Almir und Remzo kannten in den Bergen rund um Capljina und das Neretva-Tal jeden Pfad. Es wäre vielleicht einfacher, sich nachts durch die Wälder zu schleichen als über die Dörfer, wo an jeder Ecke ein kroatischer Kontrollposten errichtet war.

„Was wollen die Männer dafür haben?" In diesen Zeiten machte schon lange niemand mehr etwas aus reiner Freundlichkeit oder Nachbarschaftlichkeit. Schon gar nicht ein derart riskantes Unterfangen, wie zwei junge muslimische Männer durch die kroatische Zone zu schmuggeln. „Zweitausend Mark[1] pro Person", sagte er. Alija war über das Vermögen ihrer Schwiegereltern nicht genau im Bilde. Die zweitausend Mark würden sie haben, da war sie sich sicher.

Aber es war trotz allem viel Geld und ging mit Sicherheit an die Rücklagen der Familie. Aber sie hätte selbst nicht eine Sekunde gezögert, ihr letztes Hemd herzugeben, um Remzo in Sicherheit zu bringen. Abdulah hatte genau richtig gehandelt, und das nicht eine Sekunde zu früh.

„Ich gehe zu Nihad und sage ihm Bescheid." Mit diesen Worten verließ Abdulah das Zimmer. Auch Almirs Vater Nihad würde die zweitausend Mark aufbringen können, glaubte sie. Jetzt muss nur noch alles gutgehen bis heute Nacht.

9

BAYRAM

Domanovici, 2012

Das Flüstern der Menschen erhob sich wie Blätterrauschen zwischen den alten Grabsteinen. Wie dankbar wäre ich für einen Windhauch gewesen, der die drückend heiße Luft an diesem Morgen bewegte. Unter dem Kopftuch, das ich trug, schwitzte ich noch mehr als ohnehin schon an einem Vormittag im August in der Herzegowina. Laura und ich standen auf dem Friedhof von Domanovici in der hintersten Reihe, knapp vor der kleinen Friedhofsmauer. Vor uns die anderen Frauen, auch sie, wie wir, mit langen Hosen oder Röcken, Kopftuch und mindestens ellbogenlangen Blusen. Davor wiederum waren die Männer des Dorfes aufgereiht. Ihnen zugewandt der Hodscha. Er las laut aus dem Koran, die Menschenmenge antwortete ihm flüsternd.

Die muslimischen Einwohnerinnen und Einwohner von Domanovici beteten heute, an Bayram, ihrem höchsten Feiertag, für alle, die im Bürgerkrieg gestorben sind. So hatte es uns Alija heute Morgen erklärt, als wir uns mit ihrer Hilfe für das Ereignis anzogen. Sie beteten für Frauen, Männer, Kinder, für Zivilisten wie für Soldaten. Sie beteten für Nihad, für den jungen Besim, für Hurijas Mann, für Himzos Neffen, für Hasan Hasics zwei Töchter.

Nach dem Ende der Gebete kam Kemal auf uns zu. Ich hatte ihn und seine Familie ein paar Jahre nicht gesehen, erkannte ihn aber sofort wieder: das gutmütige Gesicht, das dem von Alija so glich, die freundlichen Augen. Nur um den Bauch herum hatte er ein wenig mehr, auf dem Kopf dafür ein bisschen weniger als bei unserer letzten Begegnung.

„Sarah, Laura!“ Seine ehrliche Freude darüber, uns wiederzusehen, wurde von uns herzlich erwidert. „Ihr müsst zu uns kommen, jetzt“, beschloss er. „Naima macht etwas zu essen, wir grillen im Garten.“ Eine bosnische Einladung zum Essen abzulehnen ist nicht nur ein Affront gegenüber dem Gastgebenden, sondern auch nahezu unmöglich, und ehe wir uns versahen, saßen wir in Cuckovina auf Kemals Terrasse, zwei Gläser mit Sirup vor uns auf dem Tisch. Während Kemal einen großen steinernen Grill anheizte und Naima in der Küche Kaffee kochte, unterhielten wir uns mit den Töchtern der beiden, die wir mindestens ebenso lang nicht gesehen hatten. Die kleine Maida, die bei der Flucht ihrer Eltern aus Domanovici gerade einmal zwei Jahre alt gewesen war, und ihre jüngere Schwester Almira, mit dem Schalk ihres Vaters in den Augen und Grübchen in den Wangen, wenn sie lächelte. Die beiden sprachen noch ein paar Brocken deutsch, vor allem bei Maida hatte der Besuch eines deutschen Kindergartens dafür gesorgt, dass wir uns gut unterhalten konnten. Sie besuchte auf eigenen Wunsch ein muslimisch-religiöses Privatgymnasium, wollte Lehrerin werden, auch wenn die Chancen auf eine feste Anstellung ohne Beziehungen schlecht standen, wie Alija uns später erzählte.

Während wir auf der Terrasse auf einer großen, braunen Couch saßen, Sirup tranken und schwatzten, beobachtete ich mit Unbehagen, wie Kemal riesige Berge an Fleisch an uns vorbei und Richtung Grill trug. Ich war mit den bosnischen Essgewohnheiten mittlerweile hinlänglich vertraut. Wenn mein westeuropäischer Magen kurz vor der Kapazitätsgrenze war, fingen die Bosnier normalerweise erst mit dem Hauptgang an.

Die meisten Besuche bei bosnischen Bekannten enden mit der Kapitulation des Verdauungstraktes, in Kombination mit heißen Sommertemperaturen ein schwer zu ertragender Zustand. Und Bayram ist sozusagen der Mount Everest unter den Essgelagen, was die Chancen auf nächtliches Bauchweh signifikant erhöht.

Ich habe mir daher über die Jahre eine Strategie zurechtgelegt, wie ich meinen Kreislauf vor dem Kollaps und meine Verdauung vor dem Super-GAU bewahre, ohne meine Gastgebenden vor den Kopf zu stoßen. Zum einen poche ich darauf, Vegetarierin zu sein, was einen Großteil des Menüs von vornherein ausschließt. Zum anderen esse ich zu solchen Gelegenheiten vor allem Gemüse, Salate und Obst, was mir die Möglichkeit gibt, häufig und viel nachzunehmen, ohne mich dabei vollzustopfen. Wenn ich dann noch lauthals die Qualität des Gemüses lobe, das meistens aus dem eigenen Garten stammt und dessen Lob daher gleichzusetzen ist mit einem Lob an die Köchin selbst, und einen kleinen Teil meines Magens für den unweigerlich süßen Nachtisch reserviere, sind die Gastgeber meistens glücklich und ich gehe ohne Bauchschmerzen nach Hause.

Als Kemal also auf seiner nächsten Tour zum Grill einen weiteren Teller Fleisch an uns vorbei trug, ergriff ich die Gelegenheit. „Ich bin Vegetarierin“, rief ich ihm zu. Kemal drehte sich im Gehen zu mir um, ohne seinen Schritt zu verlangsamen. „Kein Problem“, strahlte er, „ich mache Hühnchen!“

Während wir darauf warteten, dass ein halber Hühnerstall seiner finalen Bestimmung entgegengrillte, schweiften meine Gedanken zu meinem ersten Bayramfest.

Es war im Frühsommer 1996, Remzo und Alija lebten seit ungefähr eineinhalb Jahren in der Wohnung in unserem Haus. Ich kam an diesem Nachmittag von der Schule nach Hause, pfefferte meinen Rucksack im Flur in die Ecke und öffnete die Tür zur Küche, in Erwartung meines am Herd stehenden Vaters, der für gewöhnlich das Mittagessen zubereitete. An diesem Tag aber war die Küche leer. Verdutzt sah ich mich im Flur um, als ich die Schritte von Alija auf der Kellertreppe hörte. „Sie sind alle im Garten“, sagte sie, während sie ein großes Tablett mit Geschirr in den Händen balancierte. „Sie bereiten Bayram vor.“

Meine Eltern hatten mir zwar gesagt, dass wir an diesem Abend mit Remzo, Alija und ihrer Familie zusammen das traditionelle Fastenbrechen nach dem

Ramadan feiern würden und dass sie dazu einige Gäste eingeladen hatten, aber dass die Vorbereitungen so umfangreich ausfallen würden, dass dafür das Mittagessen draufging, war mir nicht bewusst gewesen. Meinem vorpubertären Selbst war die ganze Angelegenheit auch nicht spannend genug erschienen, um mich eingehender damit zu befassen, was uns an diesem Tag erwartete. „Für die Muslime ist das der höchste Feiertag", hatte meine Mutter erklärt. „Wie bei uns Weihnachten." Also hatte ich Bayram als „muslimisches Weihnachten" abgespeichert und keinen weiteren Gedanken daran verschwendet.

Ich öffnete die Terrassentür, schlüpfte in meine gelben Gartenschuhe und ging in den oberen Teil des Gartens, wo ich meinen Vater, Remzo und Emir herumstehen sah, die sich über ein Objekt auf dem Boden beugten. Mein Vater stützte sich dabei auf einen Spaten, alle drei trugen Arbeitshandschuhe.

„Hey, was ist mit Mittagessen?", rief ich, kurz bevor ich die Gruppe erreichte, um dann abrupt stehen zu bleiben. Wo vorher ein makelloses Stück Rasen gewesen war, öffnete sich zwischen den drei Männern eine Grube im Boden, sicherlich gut dreißig Zentimeter tief. Über dieser Grube lag ein langer Holzpfahl, auf dem, ich traute meinen Augen kaum, einmal längs ein totes Schaf aufgespießt war. Zumindest ging ich davon aus, dass es ein Schaf war, ich hatte noch nie eines ohne Wolle gesehen. Aber Alija, die mich mittlerweile eingeholt hatte, bestätigte meine Vermutung. „Zu Bayram ist es Tradition, dass man ein Schaf grillt", informierte sie mich. „Aha", stammelte ich schwach und begutachtete den leblosen Tierkörper. Der Pfahl ging hinten in das Schaf hinein und kam vorne, genau durch das Maul, wieder heraus.

„Mach dir ein Brot zu Mittag und gleich noch eins für Laura mit“, sagte mein Vater abwesend, und dann mehr an Remzo gewandt: „Wir bauen jetzt eine Vorrichtung, um es drehen zu können.“ Während ich für Laura und mich ein spartanisches Mittagessen, bestehend aus Käsebroten und Apfelsaft, zubereitete, beobachtete ich aus dem Küchenfenster, wie die drei sich an der Grube zu schaffen machten. Nach einer guten halben Stunde, meine Schwester war mittlerweile ebenfalls eingetroffen und hatte die Tatsache eines gehäuteten Schafs in unserem Garten mit einer erstaunlichen Gleichgültigkeit zur Kenntnis genommen, hatten Remzo und Emir rechts und links der Grube Astgabeln in die Erde gerammt, auf denen sie den Spieß mit dem Hammel einhängten. Den restlichen Nachmittag verbrachten wir damit, den Garten für das große Fest vorzubereiten.

Ein muslimisches Bayramfest im Wohngebiet einer südwestdeutschen Kleinstadt war weder alltäglich noch risikoarm. Meine Eltern hatten daher präventiv die Nachbarschaft eingeladen, außerdem Freunde und Verwandte, die sich den Spaß nicht entgehen lassen wollten. Davon abgesehen war das Verspeisen eines ganzen Hammels eine Aufgabe, der sich eine vierköpfige deutsche Familie, selbst mit Hilfe eines bosnischen Clans, nicht gewachsen sah.

Wir bestückten also die Rasenfläche und die Terrasse unseres Gartens mit Bierbänken, während meine zur Unterstützung herbeigeeilte Oma das Filetiermesser wetzte und Alija ihre traditionelle Patispanja vorbereitete.

Später erzählte mir mein Vater, dass die eigentliche Herausforderung dieses Nachmittags bereits im Vorfeld gemeistert worden war: Das Schaf stammte von einem Züchter aus dem Nachbardorf, wo er und Remzo es kurz vorher abgeholt hatten, bereits geschlachtet und fertig für den Grill. Auf dem Rückweg, mit dem in eine Plastikplane gewickelten Hammel im Kofferraum, fiel den beiden auf, dass sie keinen Spieß hatten, um das Tier aufzuspießen. Zu Hause hielten sie nur lang genug an, um eine Axt aus dem Gartenhaus zu holen, und fuhren in den nahegelegenen Wald. Dort beschafften sie eine junge, knapp vier Meter lange Birke und die besagten Astgabeln – eine schweißtreibende Arbeit, die in aller Heimlichkeit vonstatten gehen musste. „Sagen wir es mal so", sagte mein Vater, „wir hatten keine Zeit, den Förster um Erlaubnis zu fragen."

Der Baum wurde dann im Garten entastet, von seiner Rinde befreit und Remzo und Emir spießten das Schaf auf. Die beiden konnten auf einen enormen Erfahrungsschatz zurückgreifen, denn bei bosnischen Muslimen ist es üblich, an Bayram ein Schaf zu schlachten. Es soll an den Stammvater Abraham erinnern, dem von Gott aufgetragen wurde, seinen eigenen Sohn zu opfern, den Gott aber im letzten Moment doch davon abhielt und der stattdessen ein Schaf opferte. Da Muslime einen Teil ihres Vermögens an die Armen spenden sollen, wird das Fleisch an die Armen, aber auch an die Nachbarschaft verteilt.

Da das Schächten eines Tieres, die traditionelle Schlachtweise, in Deutschland jedoch verboten war, wurde unser Hammel eben im Nachbardorf geordert – Not macht ja bekanntlich erfinderisch. „Zu Hause schlachtet Remzo aber noch selbst", erzählte Alija mir, während wir den

Vorgang des Aufspießens beobachteten. Dieser Brauch sollte allerdings ein paar Jahre später sein Ende finden, als Remzo mit Emir und Almir zur Feier des Wiederaufbaus seines Hauses ein Schaf grillen wollte, das alles andere im Sinn hatte, als auf einem Spieß zu enden, sich losriss, Remzo auf seiner wilden Flucht über den Hof von den Füßen holte und eine Mauer hinunter katapultierte, was in einem verletzten Knie, einer Operation und einem dreiwöchigen Rehaaufenthalt resultierte. Seither kauft Remzo auch in Domanovici das Schaf fertig geschlachtet beim Metzger.

Meine Hausaufgaben machte ich an diesem Nachmittag nicht, aber ich lernte, wie man fachgerecht einen Hammel am Spieß zubereitet (eine Kompetenz, die ich seither nie wieder zur Anwendung bringen konnte): Das Schaf wird zunächst mit Salz und Kräutern eingerieben – nicht zu viel – und anschließend wird aus dicken Holzscheiten ein Feuer entfacht, das komplett herunterbrennen muss. Der aufgespießte Hammel wird über die Glut gehängt und ungefähr fünf Stunden an Ort und Stelle belassen. Immer wieder sollte man ein wenig Holz nachlegen und den Braten regelmäßig drehen, damit er von allen Seiten gleichmäßig knusprig wird.

Traditionell ist das eine Arbeit, die den Männern vorbehalten ist. Auch wenn sich der bosnische Mann sonst nicht eben durch sein Engagement in der Küche hervortut: Diese Aufgabe ist so wichtig, dass sie keiner Frau anvertraut werden kann.

Das Highlight des Abends war dementsprechend die Handlung einer Freundin meiner Eltern, die sich dieser strikten Rollenverteilung nicht bewusst war, aufstand, zur

Grube ging und eigenmächtig den Spieß drehte. Große Augen, Gekicher, gegenseitiges In-die-Rippen-Stoßen seitens der anwesenden Bosnier. Dass eine Frau sich zutraute, den Spieß zu drehen!

Kurz vor der Dämmerung erklärte Remzo den Hammel für fertig, meine Oma beobachtete das anschließende Zerlegen fachmännisch in ihrer gestärkten weißen Kittelschürze, während einer unserer Nachbarn sich besorgt erkundigte, ob man denn sicher sei, dass das Tier nicht die Traberkrankheit[1] gehabt habe.

Nachdem mein Vater diese Bedenken zerstreut hatte, indem er auf das intakte Hirn des Schafkopfes hinwies, und jeder der knapp dreißig Gäste ein Stück vom Hammel auf dem Teller hatte, tischten Alija, Zehra und Naima Berge an Beilagen auf: Weißbrot, Gemüse in roher, frittierter und gebackener Form, Reis und Salate. In Bosnien zeugt es von guten Manieren, das Essen, das man gerade im Begriff ist zu verspeisen, lautstark und wiederholt über alle Maßen zu loben. Der Hammel unter Remzos und Emirs Aufsicht schmecke vorzüglich, genau die richtige Garstufe, nicht zu stark oder zu wenig gewürzt, in allen Belangen ein gelungener Braten, versicherten wir, die wir mit dieser Tradition bereits vertraut waren. Und die Beilagen: ein Gedicht!

Remzo allerdings gestand uns einige Tage später, dass es schon bessere Schafe gegeben habe – was jedoch nicht an der spießdrehenden Freundin meiner Eltern gelegen habe, beeilte er sich hinzuzufügen.

Während des Gelages, denn anders konnte man ein bosnisches Bayramfest kaum bezeichnen, beobachtete ich verstohlen unsere Nachbarn, Freunde und Familie, von denen bereits einige gefährlich nah am Abgrund zur totalen lukullischen Überforderung tänzelten, die meisten offenbar, ohne sich dessen bewusst zu sein. In den eineinhalb Jahren, die Remzo und Alija jedoch in unserem Haus lebten, hatte ich bereits gelernt, mich beim Essen ein klein wenig zurückzuhalten und immer Platz für Nachtisch zu lassen.

Selbiger ließ dann auch nicht lang auf sich warten und Kuchen, Eis, Patispanja und Baklava schossen mindestens drei Nachbarn sowie meine Tante ins Fresskoma. „Nimm noch ein Stück Baklava“, forderte Alija reihum die anwesenden Gäste auf, und eh ich mich versah, hatte sie auch mir ein großes Stück des traditionellen Gebäcks auf den Teller geklatscht. Ich schreibe „geklatscht“, weil die Baklava, wenn sie auf etwas Hartes wie einen Teller trifft, unweigerlich ein klatschendes Geräusch macht. Dieser Kuchen besteht zu fünfzig Prozent aus Fett und zu fünfundvierzig Prozent aus Zucker. Seine Konsistenz ist weich und pappig, wie ein nasser Schwamm, nur, dass die dünnen Teigblätter statt Wasser Zuckersirup aufgesaugt haben. Wenn ich mich nach einem Flugzeugabsturz allein durch die Wildnis kämpfen müsste, hätte ich gern Baklava dabei.

Bevor sich die Gesellschaft jedoch dem gemeinschaftlichen Völlegefühl ergeben und die Stimmung in Richtung zähflüssiger Behäbigkeit abdriften konnte, begannen Alija und Zehra, Kaffee und Schnaps auszuschenken. Es gibt genau zwei Dinge, die einem nach einem bosnischen Festmahl wieder Leben einhauchen können: bosnischer Kaffee (mit viel Zucker, versteht sich) oder selbstgebrannter Losa. In Kombination sind beide Getränke zu erstaunlichen Leistungen fähig, und wenig später tanzte ein Teil der Bayram-Gäste untergehakt über die Wiese, begleitet von Kemal auf dem Akkordeon und nahezu allen Bosniern, die lauthals traditionelle Volkslieder sangen. Ebenso wie mein Onkel Manfred, wie ich überrascht feststellte, der sich mit seinem halbvollen Glas Losa neben Kemal niedergelassen hatte und voller Inbrunst und ohne jegliche Kenntnis von Melodie oder Text (oder Sprache) sämtliche Lieder mitsang.

Je später der Abend, desto mehr Tänzerinnen und Tänzer wagten sich dann auch auf die Tanzfläche. Auch Laura und ich hüpften mit den anderen Kindern begeistert über den Rasen, vorbei an der noch immer schwach glimmenden Grillgrube und dem Gerippe des Hammels und hatten einen Riesenspaß.

Es war wohl das, was man eine richtig gute Party nennt.

Dieser Gedanke brachte mich zurück auf Kemals Terrasse im heißen Sommer in der Herzegowina, wo auch das diesjährige Bayramfest eine fröhliche Angelegenheit zu werden versprach. Kemal, der sich weigerte zu akzeptieren, dass Hühnchen nicht vegetarisch sind und mit dem ich mich mittlerweile auf zwei kleine Kompromiss-Hähnchenschenkel geeinigt hatte, hob gerade sein Akkordeon auf seinen Schoß. Mit den ersten Klängen sprangen Alija, Naima, Maida und Almira auf, hakten sich unter und tänzelten wiegenden Schrittes über die Terrasse. Laura schloss sich den Tänzerinnen bald an, während ich mich, in Hommage an meinen Onkel Manfred, neben den Musiker setzte und lautstark ein Lied sang, von dem ich kein Wort verstand und dessen Melodie mir zwar unbekannt, aber nicht fremd war.

10

FLUCHT

Capljina, Juli 1993

Remzo kauerte neben Almir im Kofferraum des kleinen Lieferwagens, eine schmutzige Plane über sich gebreitet, unterwegs durch die stockdunkle Nacht. Er war froh, dass sein Vater Abdulah so schnell und vorausschauend gehandelt hatte. Sie waren gerade noch rechtzeitig aus Domanovici weggebracht worden.

Statt, wie verabredet, im Haus auf sie zu warten, war Alija heute Abend abermals in den Wald geschlichen und hatte den drei Männern dort erzählt, dass Abdulah für ihn und Almir eine Fluchtmöglichkeit gefunden hatte.

Die beiden waren umgehend mit ihr zurück nach Spahovina gegangen, wo sie ein paar Habseligkeiten zusammengepackt und dann im Keller auf die Schlepper gewartet hatten, mit Herzklopfen und in ständiger Angst, dass Soldaten den Schleppern zuvorkommen und sie ins Gefangenenlager Dretelj bringen würden.

Remzo hatte immer wieder gehört, dass die Zustände in den Lagern katastrophal waren. Es gab kaum etwas zu essen, wenig Wasser und die Gefangenen wurden körperlich und psychisch misshandelt und gedemütigt. Im Verlauf dieses Bürgerkrieges würden viele von ihnen die Behandlung in den Gefangenenlagern, wo der heimliche Besitz eines Päckchens Zigaretten ein Todesurteil sein konnte, nicht überleben.

Die Autofahrt dauerte nur eine knappe halbe Stunde, aber sie kam Remzo wie eine Ewigkeit vor. Das Auto wurde immer wieder langsamer, kam einmal sogar zum Stillstand. Er konnte sie nicht sehen, aber das waren vermutlich die kroatischen Straßenkontrollen, die sie passieren mussten. Insgesamt fünf, jede besetzt mit kroatischen Soldaten, jede mit der Gefahr, entdeckt zu werden. Doch der Lieferwagen mit den Geflüchteten im Kofferraum wurde ohne Schwierigkeiten durchgewunken. Ob die Schlepper einige Soldaten bestochen hatten oder ob es reichte, dass das Fahrzeug kroatisch war und deshalb von vornherein nicht kontrolliert wurde, darüber konnte er nur spekulieren.

Remzo dachte an Alija und seine Eltern, die er heute zurückgelassen hatte. Er wusste nicht, wann und wo er sie wiedersehen würde. Er wusste nur, dass die Schlepper ihn und Almir in ein Dorf oberhalb von Capljina bringen wollten, das zwar noch auf bosnischem Boden, aber nicht mehr im besetzten Gebiet lag. In diesem Dorf, Jasenica, so hoffte Remzo inständig, würden sie erst einmal sicher sein. Bekannte aus Jasenica hatten sich bereit erklärt, den muslimischen Männern Unterschlupf zu gewähren. „Vielleicht können wir dort bleiben, bis sich die Lage entspannt hat. Und dann zurück nach Domanovici“, raunte Remzo Almir unter der Plane ins Ohr. „Oder nach Blagaj“, kam es leise aus der Dunkelheit zurück. Er nickte, obwohl er wusste, dass Almir es nicht sehen konnte. In Blagaj, wo die Buna eiskalt und meterbreit aus einer Felswand sprudelte und wo sich im Mai die Derwische in Trance wogen, hatten schon viele Musliminnen und Muslime Zuflucht gefunden. Sollte sich die Rückkehr nach Domanovici als unmöglich erweisen, würden sie versuchen, sich nach Blagaj durchzuschlagen – egal, wie überfüllt es dort bereits war. Remzo hing noch seinen Gedanken an Blagaj nach, an das Derwischkloster, die Tekija, die wie ein Vogelnest an den steilen Felsen am Ende des Tals klebte, rechterhand das blaue Wasser der Bunaquelle, linkerhand die Steilwände, als er bemerkte, dass sich etwas verändert hatte. Der Lieferwagen fuhr langsamer und das tiefe Dieselbrummen hatte einen hohlen Beiklang bekommen. Gleichzeitig meinte er, einen frischen Lufthauch zu spüren, der die stickige Luft unter der Plane bewegte. Er merkte, wie Almir sich anspannte. Sie fuhren über die alte Neretva-Brücke in Čapljina. In diesem Moment wusste Remzo, dass sie ein Problem hatten.

11

ABTRANSPORT

Domanovici, Juli 1993

Der Bescheid zum Abtransport kam am darauffolgenden Tag. In den frühen Morgenstunden hatten die kroatischen Soldaten an die Mauern der Hauswände Zettel gehängt. Alle Bewohnerinnen und Bewohner von Spahovina und Cuckovina hatten sich um vierzehn Uhr an der Kreuzung zwischen den beiden Dörfern zu versammeln. Jeder durfte eine gefüllte Plastiktüte mit seinen Habseligkeiten mitnehmen.

Alija reagierte, wie die meisten ihrer Nachbarn und Familienmitglieder, resigniert. Allen war bewusst gewesen, dass es früher oder später so weit kommen würde. Das erklärte Alija in diesem Moment auch ihrer Schwiegermutter Salima. Die beiden standen in ihrem Haus in Spahovina und versuchten zu entscheiden, was sie in ihre Plastiktüten packen sollten. Eine Plastiktüte für ein ganzes

Leben. „Nimm Wäsche mit. Etwas Warmes. Wir wissen nicht, wie lang wir weg sind“, riet Alija Salima, die jammernd im Wohnzimmer stand und sich immer wieder mit dem Zipfel ihres Kopftuches die Augen tupfte. „Ach, ach, ach“, lamentierte Salima. „Alles was wir haben! Mein Schmuck, die guten Möbel!“ „Du brauchst keinen Schmuck mitzunehmen“, erwiderte Alija ungeduldig. „Sie nehmen ihn dir sowieso wieder weg!“ Sie selbst hatte ihre Tüte nach rein praktischen Gesichtspunkten gepackt. Wäsche zum Wechseln, Hygieneartikel. Ihr Pass. Alija hing nicht sehr an Besitztümern oder Gegenständen. Sie wollte nur, dass ihre Lieben in Sicherheit waren. Vielleicht hätte sie sorgfältiger ausgewählt, wenn sie gewusst hätte, dass diese Plastiktüte alles war, was ihr aus den dreiunddreißig Jahren ihres bisherigen Lebens bleiben sollte.

Alija stellte ihre gepackte Tüte auf der Terrasse ab und ging hinüber zum Stall. Wesentlich schwerer fiel es ihr, ihre Tiere zurückzulassen. Sie fütterte ein letztes Mal die Hühner und ließ die Tür zum Stall weit offen. Sie band auch die braune Kuh los und gab ihr einen beherzten Klaps auf die Seite. „Lauf“, sagte sie. Das Tier trottete gemächlich rüber zum Garten, blieb unter dem großen Kiwi-Baum stehen und begann, das vertrocknete Gras nach überlebenden, grünen Halmen abzuweiden. Mehr konnte Alija nicht tun. Sie hätte es nicht übers Herz gebracht, die Tiere im Stall zu lassen, wo sie wahrscheinlich qualvoll verhungert wären. Als sie die Straße hinabblickte, sah sie auch Hurijas Kühe und die beiden Ziegen frei umherwandern. Die meisten Nachbarn würden ihre Tiere freilassen, glaubte sie.

Salima stand mittlerweile ebenfalls mit ihrer gepackten Plastiktüte auf der Straße. Da ging Alija noch einmal über die weiße Terrasse zurück in das Haus, in dem sie die letzten dreizehn Jahre gelebt hatte. Sie öffnete bei der Anrichte im Wohnzimmer die dritte Schublade von oben und nahm das Paket mit ihren Hochzeitsfotos heraus. Es war ein großes Fest gewesen, damals im November. Sie hatten beide eine weitläufige Verwandtschaft, und alle waren gekommen, um an diesem sonnigen Novembertag mit ihnen zu feiern. Sie blätterte kurz durch die Fotos: Da war Emir, in einem schicken Anzug, und ihre Schwestern mit ihren Ehemännern. Kemal war damals noch ein pubertierender Jugendlicher gewesen. Sie lächelte und steckte die Bilder in ihre Tüte. Dann trat sie nach draußen, wo Salima auf sie wartete. Gemeinsam gingen sie, mit ihren Plastiktüten in den Händen, zum Dorfplatz.

Die Soldaten waren bereits vor Ort. Auf dem Dorfplatz hatten sie zwei große Lastwagen geparkt. Nach und nach trafen die noch übriggebliebenen Dorfbewohnerinnen und Dorfbewohner von Spahovina und Cuckovina ein. Vor allem Frauen, Kinder und alte Leute kamen und stellten sich vor den Soldaten auf. Alija stutzte. Die jungen Männer aus Spahovina waren alle geflohen, wie Remzo, oder bereits im Lager. Aber wo waren die Männer aus Cuckovina? Wo war ihr Bruder Kemal? Sie ließ den Blick unruhig ins Nachbardorf schweifen.

„Wo ist Kemal?“, fragte Alija ihre Schwägerin, als sie sie in der Menge ausgemacht hatte. „Ach, Alija, sie wollen versuchen, die Soldaten aufzuhalten.“ Naima hatte Tränen in den Augen. Sie zeigte hinter sich nach Cuckovina. „Kemal und ein paar andere. Du weißt, wie er ist.“ Alija kannte ihren kleinen Bruder nur zu gut. Er hatte schon seit Wochen Waffen in seinem Haus, um sich und seine Familie im Notfall verteidigen zu können. Gleichzeitig war sie wütend auf ihn. Er wusste, was in Milinovaca passiert war. Er wusste auch, dass sie nicht den Hauch einer Chance haben würden und dass er sinnloserweise sein Leben riskierte. Doch bevor sie etwas erwidern konnte, sah sie, wie bewaffnete Soldaten die Straße von Cuckovina entlangkamen. Vor ihnen ging eine Gruppe Männer. Alija erkannte Kemal sofort. Er trug eine schusssichere Weste, und wie alle anderen hatte er die Hände hinter dem Kopf verschränkt. Alija war fast ein wenig erleichtert. Es waren keine Schüsse gefallen. Die Männer mussten sich von sich aus ergeben haben. Was sollen ein paar Bauern auch gegen bewaffnete und ausgebildete Soldaten ausrichten, fragte sie sich. Kemal und die anderen würden nun sicherlich ins Lager gefahren, dachte Alija, und ihr Herz blutete, wie sie ihren kleinen Bruder vor den Soldaten hergehen sah. Der lustige, offenherzige Kemal, den jeder sofort mochte und der so wunderbar Akkordeon spielen konnte. Was würde das Lager aus ihm machen? Würde sie ihn jemals wiedersehen?

„Kemal!“ Als die Männer den Dorfplatz erreichten, rief Naima nach ihrem Mann. Viele der anderen Frauen riefen ebenfalls nach ihren Männern, Söhnen, Brüdern. Doch die Soldaten gestatteten keinen Kontakt, kein Wort des Abschieds. Kemal und die anderen mussten sich sofort auf die Ladefläche des einen Lastwagens setzen. Drei Soldaten, mit Gewehren im Anschlag, bewachten sie.

Dann ergriff der Kommandant das Wort. Alija erkannte ihn an den Abzeichen an seiner Uniform und dem Respekt, den die anderen Soldaten ihm zollten. „Alle Männer zwischen fünfzehn und fünfzig setzen sich ebenfalls auf den Lastwagen!“, befahl er. In die Menge auf dem Dorfplatz kam langsam Bewegung. Viele Männer waren nicht mehr übrig. Alija sah sich um. Schräg hinter sich sah sie Remzos Onkel Nihad, Almirs Vater. Er musste noch knapp unter fünfzig sein, dachte sie. Aber er rührte sich nicht. Alija runzelte die Stirn. Er sah irgendwie merkwürdig aus … Obwohl es wieder ein heißer Tag war, trug er eine langärmelige Jacke. Nihad zwinkerte ihr kurz zu und zog sich die Schiebermütze, die er aufhatte, tiefer in die Stirn. Er bewegte sich immer noch nicht, machte keine Anstalten, zum Lastwagen zu gehen.

Plötzlich fiel Alija etwas ein. Almirs Kuh! Sie musste noch festgebunden sein, denn sie hatte sie nicht auf der Straße gesehen. Almirs Frau Jemina hatte wahrscheinlich genug mit den beiden Kindern zu tun gehabt und einfach nicht daran gedacht. Alija überlegte nicht lange. Sie drückte Naima ihre Plastiktüte in die Hand, schlängelte sich zwischen den Menschen hindurch und spurtete zurück nach Spahovina, zu Almirs Haus und dem angrenzenden Stall. Sie riss die Tür auf und da stand die Kuh, eine braune Kuh wie ihre eigene, wiederkäuend und mit einem Strick festgebunden. Mit zitternden Händen versuchte sie, den Knoten zu lösen. Wieviel Zeit war vergangen? Vielleicht drei, vier Minuten? Hatten sie schon begonnen, die übrigen Dorfbewohner zu verladen? Was würde passieren, wenn sie allein zurückblieb? Endlich löste sich der Knoten und Alija nahm der Kuh den Strick ab. Sie scheuchte sie nach draußen, ließ die Stalltür aber weit offen und blockierte sie mit einem Holzscheit, damit sie nicht wieder zufiel.

Dann rannte sie zurück zum Dorfplatz. Der Lastwagen mit den Männern war bereits abgefahren, die übrigen Dorfbewohner waren gerade dabei, auf die Ladefläche des zweiten zu klettern. Sie suchte Naima in der Menge und nahm ihre Tüte wieder an sich. Ihre Schwägerin hatte Tränen in den Augen und presste die kleine Maida an sich. Nun waren nur noch die Alten übrig, die Frauen und die Kinder. Sie alle stiegen jetzt auf die Ladefläche des anderen Lkw. Es geschah schweigend. Alija fand es irritierend, dass so viele Menschen so wenig Geräusche von sich gaben. Doch niemand sprach. Die, die weinten, weinten still vor sich hin. Selbst die ganz kleinen Kinder, wie Maida, gaben kaum einen Laut von sich, als ob auch sie spürten, dass sie alle ab jetzt ihr Schicksal nicht mehr in der Hand hatten.

Als sie an der Reihe waren, auf die Ladefläche zu steigen, fasste einer der Soldaten Naima am Arm. „Wenn du willst, kannst du mit dem Kind vorne in der Fahrerkabine sitzen.“ Naima zögerte. Alija verstand ihre Schwägerin. Es wäre sicherlich eine Erleichterung, nicht in der prallen Sonne zwischen die anderen gepresst sitzen zu müssen. Aber allein zu bewaffneten Soldaten zu steigen, schien ihr auch nicht klug. Schließlich sagt Naima: „Das ist sehr nett, vielen Dank. Kann meine Schwägerin auch vorne mitfahren?“ Der Soldat überlegte kurz, nickte dann.

Alija und Naima rutschten erleichtert auf den breiten Sitz in der Fahrerkabine. Der Soldat stieg neben ihnen ein und so fuhren sie los, die übrigen Militärfahrzeuge als Bewachung hinter ihnen in Kolonne. Die Dorfstraße hinunter, vorbei an dem Feld, wo Remzo und Abdulah einst Tabak angebaut hatten. Durch das Zentrum von Domanovici, vorbei an der Schule, der alten österreichischen Kaserne, die vor dem Krieg ein Altersheim gewesen war, vorbei an der Kafane, in der sie den jungen Besim gefoltert hatten, bis er an Blutverlust gestorben war. Alija war schon länger nicht aus Domanovici herausgekommen. Sie sah erst jetzt, wie sehr sich auch die Umgebung verändert hatte. Die Fassaden voll Einschusslöcher, die meisten Felder verwildert und ungepflegt. Hotanj, das nächste Dorf, das sie passierten, lag wie ausgestorben da. Wahrscheinlich haben sie die Muslime schon weggebracht, vermutete sie.

Nach fünfzehn Minuten erreichten sie Capljina. Der Lastwagen bog scharf nach rechts ab. Alija sah, dass die neue Brücke über die Neretva nicht mehr existierte. Nur noch die Brückenpfeiler ragten zackig in den Himmel. Mehr hatte die Granate nicht übrig gelassen. Der Lastwagen wurde langsamer, steuerte den nächsten Kontrollposten an. „Wohin bringen Sie uns?“, fragte Alija den Soldaten am Steuer. „Nach Pocitelj“, erwiderte dieser knapp. „Ach bitte“, jetzt ergriff Naima das Wort, „können wir hier in Capljina aussteigen? Meine Schwägerin, ihre Schwester“, sie zeigte auf Alija, „wohnt hier. Da könnten wir hin.“ Der Lastwagen war jetzt vollständig zum Stehen gekommen. Alija bewunderte insgeheim Naimas Mut. Sie hätte sich nicht getraut, den Soldaten so etwas vorzuschlagen. Zumal Naima die Wahrheit ein wenig zurechtbog. Alijas Schwester Zehra, ihr Mann Selman und ihre beiden Kinder wohnten mitnichten in Capljina. Sie waren vor einigen Tagen den Soldaten zuvorgekommen und bei Selmans Bruder und seiner Frau in Capljina untergeschlüpft. Auch wenn die Verhältnisse dort jetzt schon beengt sein mussten, wollte Alija unbedingt, dass der Fahrer zustimmte. Lieber zu Zehra als nach Pocitelj, dachte sie. Der Soldat drehte sich um und musterte sie. Hab ein Herz, flehte Alija ihn innerlich an, schon allein Maida zuliebe. Nach einigen qualvollen Sekunden nickte er schließlich. „Ok. Du kannst mit dem Kind aussteigen. Sie nicht.“ Damit meinte er Alija. „Sie geht nach hinten zu den anderen.“ Keine der beiden wagte zu widersprechen oder zu diskutieren. Alija öffnete die Tür und hielt sie für Naima und Maida auf. Sie schloss ihre Schwägerin und ihre Nichte schnell in die Arme. „Allahmanet“, sagte sie und stieg zügig auf die Ladefläche, bevor der Soldat am Steuer es sich anders überlegen konnte. Als sie weiterfuhren, winkte Naima ihr mit Maida auf dem Arm hinterher.

Die wenigen Kilometer nach Pocitelj legten sie schnell zurück. Alija dachte, dass der Soldat am Steuer wahrscheinlich froh war, wenn er seine Ladung loswerden konnte. Warum sie gerade nach Pocitelj fuhren, war ihr schleierhaft. Die kleine mittelalterliche Stadt erstreckte sich mehr in die Vertikale als in die Horizontale. Sie hing am Berghang oberhalb der Neretva und eignete sich mit ihren engen, steilen Gassen und dem von Millionen Schuhen glattgeschliffenen Kopfsteinpflaster sicherlich nicht dazu, viele Menschen zu beherbergen. Die oberen Häuser erreichte man nur mühsam, gerade für die alten Menschen, die mit ihr auf dem Lastwagen saßen, würde die Fortbewegung sehr schwierig werden. Aber was war in diesem Krieg schon logisch oder sinnvoll? So grübelte sie, während neben dem Lastwagen das blaue Band der Neretva vorbeizog, ihre Ufer gesäumt von üppigen grünen Büschen, die einen Kontrast zu den kahlen und von der Sommersonne verbrannten Berghängen ringsum bildeten.

In Pocitelj hielt der Lastwagen auf dem kleinen Platz neben der Straße, wo vor dem Krieg ein Restaurant und eine Cafébar gewesen waren. Das war gleichzeitig der einzige Platz in Pocitelj, der mit dem Auto erreichbar und halbwegs ebenerdig war. Von hier aus zogen sich die kopfsteingepflasterten Straßen, unpassierbar für motorisierte Fahrzeuge, den Berg hinauf. Alija legte den Kopf in den Nacken und betrachtete das Städtchen, in dem sie vor dem Krieg immer gern eine Limonade getrunken und die alten, osmanischen Häuser angeschaut hatte. Das Ausmaß der Zerstörung schockierte sie mehr als das in ihrem eigenen Dorf. Viele der schönen, alten, weißen Häuser mit den Holzfenstern und den Steinschindeln auf dem Dach sahen aus wie Ruinen. Die Fenster waren eingeschlagen und die Türen aufgesprengt. Die Sisman-Ibrahim-Pasa-Moschee, das Herzstück Pociteljs, kauerte verwundet am Hang, das Minarett in Trümmern, die Fassade von Einschusslöchern verziert. Auch das alte osmanische Hamam mit seinen runden Dächern, das das Stadtbild geprägt hatte und einem das Gefühl vermittelt hatte, im fernen Orient zu sein, war so stark beschädigt, dass Alija zweimal hinsehen musste, um das Gebäude zu erkennen. Einzig die Festung, die sich linkerhand über der Stadt erhob, mit ihren dicken Mauern und ihrem wehrhaften Turm, sah aus wie immer. Sie war schon vor dem Krieg eine Ruine gewesen, und weder serbische noch kroatische Zerstörungswut hatten ihr etwas anhaben können. Sie blinzelte ein paar Tränen weg. Pocitelj hat schon Schlimmeres überstanden, tröstete sie sich. Die Festung würde auch in hundert Jahren noch stehen, wenn die Verursacher dieses Krieges längst nicht mehr hier waren.

Die Soldaten befahlen ihnen, abzusteigen. Jetzt erst blickte Alija sich auf dem Platz um. Ihr Lastwagen war nicht der einzige. Neben der Bar parkten noch einige mehr, die ihre menschliche Fracht aber bereits abgeladen hatten. Die Menschen standen in Gruppen zusammen, die Soldaten ebenfalls. Als sie abstieg, hörte sie einen Kroaten fragen: „Was machen wir jetzt mit denen?“ Sein Kamerad antwortete: „Keine Ahnung.“ Die Männer aus Spahovina und Cuckovina waren nirgendwo zu sehen.

Das hatte Alija aber auch nicht erwartet. Sie waren direkt ins Gefangenenlager gebracht worden. Sie vorher in Pocitelj oder irgendwo anders unterzubringen, hätte keinen Sinn gemacht. Schon gar nicht, wenn die Soldaten ohnehin nicht wussten, was jetzt zu tun war. Und trotzdem hatte sie den winzigen Hoffnungsfunken gehabt, dass sie Kemal noch einmal sehen würde.

Alija suchte ihre Schwiegermutter in der Menge. Salima brach auf die Frage, wie es ihr gehe, wiederum in lautes Lamentieren aus. „Was geschieht denn jetzt? Wo sollen wir hin?“ Immer und immer wieder. „Scht, sie werden uns schon nicht hier stehen lassen“, sagte Alija mit gesenkter Stimme, denn sie glaubte, das Salimas lautes Weinen die Aufmerksamkeit einiger Soldaten auf sich gezogen hatte. Da entstand plötzlich in einem Grüppchen hinter ihnen Bewegung. Alija erkannte Almirs Onkel Bajro, den muslimischen Bürgermeister von Capljina. Er ging schnurstracks auf eine Gruppe Soldaten zu. „Warum tut ihr uns das an?“, rief er so laut, dass es über den ganzen Platz zu hören war. „Was soll das? Was haben wir euch getan?“ Fast gemächlich hob einer der Soldaten sein Gewehr. Als die Schüsse verhallt waren, herrschte tiefe, bleierne Stille. Dann begannen einige Frauen und Kinder zu weinen und zu schreien. „Ruhe!“ Der Soldat feuerte erneut, dieses Mal nur in die Luft. Seine Kameraden hatten ebenfalls ihre Waffen in der Hand. Die Menschenmenge auf dem Platz verstummte. Alija starrte hinüber zu Bajros Leiche, die auf Poziteljs Kopfsteinpflaster lag. Durch ihr Entsetzen drang nur ein Gedanke in ihr Bewusstsein: Hoffentlich war Remzo in Jasenica in Sicherheit.

12

URLAUB

Vrapcici, August 1999

Alija erzählt:

„Eines Tages hat eine alte Frau bei Abdulah und Salima in Vrapcici geklingelt und gefragt, ob sie das Haus anschauen darf, denn es sei ihr Haus. Natürlich durfte sie. Nach dem Krieg hat sie es wiederbekommen, wir haben ihr die Badewanne, die Fenster und die Haustür dringelassen. Hin und wieder fahren wir sie besuchen, sie lebt dort bis heute mit ihrem Sohn. Sie sagt dann immer, dass sie sehr froh ist, dass wir uns gut um das Haus gekümmert haben. Dabei ist es doch selbstverständlich, dass man den Besitz von anderen respektiert. Wenn es nicht unbedingt notwendig gewesen wäre, hätten wir nie ohne zu fragen ein fremdes

Haus bezogen. Aber damals war einfach jeder froh, ein Dach über dem Kopf zu haben.“

Nachts war es stockdunkel in Vrapcici. Es gab keine Straßenbeleuchtung, die wenigen Häuser, die bereits wieder Strom hatten, hatten meistens die Fenster abgehängt, denn Glasscheiben waren im Nachkriegs-Bosnien ebenfalls Mangelware. So ziemlich alles war damals Mangelware, angefangen bei fließend Wasser bis hin zu Produkten des täglichen Lebens. Für uns war das Bosnien-Herzegowina nach dem Krieg eine andere Welt, eine, deren Ränder sich zwar mit unserer überlappten, die aber trotzdem nach völlig anderen Regeln funktionierte. Spannend und beängstigend zugleich.

Wir waren in diesem Sommer auf einem ungewöhnlichen Familienurlaub. Während meine Freundinnen mit ihren Familien im Meer badeten oder in den Bergen wanderten, hatten meine Eltern Laura, mich und unseren Hund in das familieneigene Wohnmobil gesetzt und über holprige Straßen nach Bosnien-Herzegowina gefahren, in ein vom Krieg gezeichnetes, zerstörtes Land. „Die Heimat von Remzo und Alija besuchen“ – unter diesem Slogan lief unser Urlaub, man hätte ihn aber genauso gut „Kaffeetrinken und Wassermelone essen“ nennen können, denn seitdem wir vor zwei Tagen in Vrapcici, einer kleinen Ortschaft kurz vor Mostar im Neretva-Canyon angekommen waren, taten wir hauptsächlich das.

Unser Wohnmobil parkte auf einem geschotterten Platz vor einem Haus, das sich größtenteils im Rohzustand befand und Abdulah und Salima momentan als Wohnstatt diente. Niemand wusste, wem das Haus vor dem Krieg gehört hatte, wo die Besitzer waren, wann und ob sie wiederkommen würden. Als Remzos Eltern das obere Stockwerk des Hauses bezogen hatten, war es ein ausgebranntes Loch gewesen, die Fenster nur mit Folien vernagelt, ohne Heizung, Strom und fließend Wasser. Aber es war trotzdem besser als ihre vorherige Unterkunft, wo sie zu acht in einem kleinen Zimmer bei Salimas Schwester gelebt hatten. Den Geräuschpegel dieses Arrangements wollte ich mir gar nicht erst vorstellen.

„Keiner hat damals gewusst, wie es weitergeht", erzählte Alija Laura und mir, als wir in der Abenddämmerung auf einer großen Wolldecke vor dem Haus auf dem Boden saßen. „Deshalb sind die Leute einfach in leerstehende Häuser gezogen." Nach ihrer Flucht aus Pocitelj hatten Remzo und Alija lang nichts von denen gehört, die im Land verblieben waren. Abdulah und Salima war es ergangen wie den meisten ihrer Nachbarn und Freunde, die mit Alija aus Domanovici abtransportiert worden waren: Eines Tages wurden sie von kroatischen Soldaten von Pocitelj durch das kroatisch besetzte Gebiet in die Nähe der muslimischen Enklave um Blagaj und Mostar gefahren. Dort lud man sie am Straßenrand ab und befahl ihnen, zu Fuß in die Enklave zu laufen. „Es war für viele ein Gewaltmarsch", berichtete Alija. Manche der Alten, Kranken und Schwachen hatten ihn nicht überlebt, Abdulah und Salima waren an toten und sterbenden Menschen vorbei gegangen, bis sie die Sicherheit der Enklave erreicht hatten. Dort schlüpften sie bei Salimas Schwester unter, was aber aufgrund der beengten Verhältnisse nur eine Übergangslösung darstellen konnte.

Mit großen Augen schauten Laura und ich Remzos Eltern an, die neben unserer Decke auf kleinen Plastikhockern saßen. Der sehnige Abdulah mit denselben eisblauen Augen wie sein Sohn und die füllige Salima mit ihrem geblümten Kopftuch sprachen beide kein Wort deutsch, was die direkte Kommunikation erheblich erschwerte, bisweilen auch unmöglich machte und Alija eine Dauerbeschäftigung als Dolmetscherin aufbürdete.

Nun schaltete sich Remzo in die Unterhaltung ein. „Als ich das erste Mal nach dem Krieg wieder hier war“, erzählte er, „wollte ich, dass meine Eltern besser leben.“ Er hatte sich also mit Abdulah ins Auto gesetzt und war aufs Geratewohl durch die Gegend gefahren, auf der Suche nach einer leerstehenden Bleibe, die sie besetzen konnten. Fündig geworden waren die beiden hier, bei diesem offensichtlich verlassenen Haus, das aufgrund seines rudimentären Zustands auch noch von niemand anderem in Beschlag genommen worden war. Was für uns irgendwie wild, abenteuerlich und anarchisch klang, war in der Nachkriegsrealität der schlichten Notwendigkeit geschuldet. Man hatte keine andere Wahl, als das zu nehmen, was es gab.

„Der Zustand war nicht gut, aber auch nicht so schlecht“, sagte Remzo mit Blick auf das Haus, vor dessen Eingangstür wir gerade mit Verwandten und Freunden saßen und den Spätsommerabend genossen. „Wir mussten viel reparieren.“

Mein Blick schweifte über den Vorplatz zum „rasenden Mohammed“, dem froschgrünen Kleinlastwagen, der neben unserem Wohnmobil geparkt war. Hier waren also all die Gegenstände gelandet, die Remzo, Emir und andere immer in Sinsheim auf seine Ladefläche gepackt hatten. Eine Prozedur, die meistens ein paar Tage, bevor Remzo in seine Heimat fuhr, begann und ihn sowie diverse Kollegen und Verwandte beschäftigte, die allerlei Möbel, Elektrogeräte oder Lebensmittel anschleppten, welche dann unter großem Geschrei und Gestikulieren auf den rasenden Mohammed gepackt wurden. Wenn ich dem Treiben von meinem Kinderzimmerfenster aus zusah, wunderte ich mich einerseits darüber, wieviel und andererseits, was alles aufgeladen wurde: Fenster, Türen, Sofagarnituren, alte Waschmaschinen, einmal sogar eine Badewanne. Und haufenweise Materialien aus dem Baumarkt in riesigen Eimern und Paketen. Mein Vater war jedes Mal entzückt, wenn er – selbstverständlich innerhalb weniger Stunden – die Zollpapiere für den rasenden Mohammed fertig machen musste.

An diesem Abend in Vrapcici vervollständigte sich für mich dieses Puzzle: All die Güter, die Remzo, Alija und die anderen Bosnier in ihre Heimat transportiert hatten, Dinge, die in Deutschland auf dem Sperrmüll entsorgt oder zu einem Spottpreis weiterverkauft worden waren, hatten hier noch einen ungeheuren Wert. Die meisten Menschen, die ihre vom Krieg zerstörten Häuser wieder aufbauen oder neue errichten wollten, waren darauf angewiesen, die Materialien dafür aus dem Ausland zu bekommen. Kein Wunder also, dass der rasende Mohammed jedes Mal beladen war, dass sich die Achsen bogen. Die Fenster, die Haustür, der Innenputz und die Badewanne für Abdulahs und Salimas aktuelle Wohnstatt hatten Remzo und sein Vater mühevoll selbst eingebaut, um dem Rohbau zumindest ein klein wenig Wohnlichkeit und Abdulah und Salima ein Mindestmaß an Sicherheit und Komfort zu geben. Doch nach wie vor gab es kein fließend Wasser. Wenn wir die Toilette benutzen wollten, mussten wir es mit einer großen Gießkanne nachkippen.

„Aber warum seid ihr nicht einfach in euer eigenes Haus in Domanovici zurück gegangen?", fragte meine Schwester gerade. Remzo lächelte. „Das zeige ich dir morgen."

Am nächsten Tag fuhren wir nach Domanovici. Die Straße in die Berge war holprig, die wenigen Häuser, die in der leeren Landschaft verteilt waren, waren kaum in einem besseren Zustand als Salimas und Abdulahs momentane Behausung in Vrapcici. Ihre Mauern löchrig vom Beschuss, viele ausgebrannt, einige nur mehr ein Trümmerhaufen. Im Dorfzentrum deutete Alija auf ein großes, graues Gebäude, das im Vergleich zu den anderen Ruinen noch wesentlich besser erhalten war – es stand immerhin. „Das ist die Schule", sagte sie und erklärte, dass die Räume während des Krieges von serbischen wie kroatischen Soldaten genutzt worden waren, ebenso wie die dahinterliegende alte, österreichische Kaserne. Mich schauderte. Ich mochte mir nicht vorstellen, wie der Schulbetrieb an einem Ort wieder aufgenommen wurde, der so viele Gräueltaten und Grausamkeiten gesehen hatte.

Die Straße nach Spahovina wurde zusehends schlechter, wir schleppten uns nur mehr im Schneckentempo dahin. Zeit genug, uns der Zerstörung um uns herum bewusst zu werden. „Hier stand unsere Moschee", deutete Alija auf einen weiteren großen Trümmerhaufen. Zu wenig Zeit, um uns auf das vorzubereiten, was uns am Ende der Straße erwartete. Remzo parkte das Auto neben einer Ruine, wir stiegen aus und Alija sagte nüchtern: „Das war unser Haus."

Drei rußgeschwärzte, halb eingestürzte Wände, dazwischen Trümmer und Schutt. Wo die Fenster gewesen waren, klafften dunkle Flecken neben den vereinzelten Einschusslöchern von Granaten. Die Natur hatte bereits begonnen, das ehemalige Zuhause unserer Freunde zu erobern, Unkraut kroch zwischen den Brocken. Ich wusste, dass die beiden nicht zum ersten Mal hier waren. Trotzdem bewunderte ich die pragmatische und distanzierte Art, in der sie in der Ruine herumstapften und mit weit ausholenden Gesten erzählten, was hier einmal gewesen war. Das erste Zimmer, in dem Alija immer Brot gebacken und in dem sie sich einmal vor serbischen Soldaten versteckt hatte. Die Küche mit dem Herd, der noch mit Holz angefeuert wurde, die große Terrasse, auf der man sich im Sommer getroffen hatte: mit Freunden, Nachbarn, Familie. „Macht es dich nicht traurig?", fragte ich sie. Sie lachte. „Ja, aber es muss immer weitergehen. Wir sind am Leben, das ist das Wichtigste. Ein Haus kann man wieder aufbauen."

Die Kroaten hatten alles gestohlen, was sie brauchen konnten, und das Haus dann angezündet, erzählte Remzo. Besonders schwer traf ihn der Verlust seines Traktors, der in den Lagerräumen unterhalb der Terrasse geparkt gewesen war. „Das war ein guter Traktor", schüttelte er betrübt den Kopf und ergänzte, er hätte ihn seinerzeit extra aus Italien importiert. Das orangerote Gefährt mit den kullerrunden Scheinwerfern, von dem bereits die Farbe abblätterte, war Remzos wichtigstes Werkzeug zum Bestellen seiner Felder gewesen. Gestohlen hatte ihn, wie er kurz nach unserem Besuch erfuhr, einer seiner kroatischen Nachbarn. Einige Monate später sollte Remzo seinen Traktor von eben diesem Nachbarn für viel Geld wieder zurückkaufen. Seitdem wacht er mit Argusaugen über seinen Goldoni.

Selbst Jahre später konnte ich ihn nur mit Mühe davon überzeugen, mich eine Runde auf seinem Heiligtum drehen zu lassen. „Vorsicht mit dem Gas! Langsam, langsam! Fahr nur ein Stück geradeaus! Guck, guck!“ Erst nach einer ausführlichen Einweisung durfte ich unter seinen wachsamen Blicken mit dem Traktor vom Feld durchs Dorf zurück nach Hause rumpeln. Ich war sehr stolz und mir der besonderen Ehre dieser Auszeichnung die gesamten achthundert Meter bewusst.

Natürlich wollte meine Schwester ebenfalls mit dem Traktor durchs Dorf oder wenigstens übers Feld fahren. Aber Remzo erfand Tag für Tag neue kreative Ausreden, warum es heute gerade nicht möglich war: „Ich brauche den Traktor heute den ganzen Tag auf dem Feld.“ „Morgen muss ihn Almir haben, seiner ist kaputt.“ „Der Motor klingt nicht gut, muss ich erst reparieren.“ Unglücklicherweise übersah meine Schwester dann mit dem Auto unserer Eltern eine Eisenstange im Boden, als sie auf dem Pfirsichfeld wendete. Der Kratzer im Lack war nicht besonders tief, gab Remzo aber lange Zeit einen Grund, Laura nicht mal in die Nähe des Goldonis zu lassen.

Er erlaubte es ihr erst ein paar Jahre später in einem Moment der Schwäche. Sie litt an einem fiesen Magen-Darm-Virus und lag völlig entkräftet in Salimas Bett. Remzo wollte nach ihr sehen und sie aufmuntern und versprach ihr schließlich: „Wenn es dir besser geht, kannst du morgen Traktor fahren!“ Laura legte eine Blitzgenesung hin und zuckelte tags darauf souverän die Dorfstraße hinunter.

Bei diesem ersten Besuch in Spahovina konnte ich mir allerdings noch keineswegs vorstellen, dass hier eines Tages wieder so etwas wie ein normales Alltagsleben möglich sein würde und wir unsere Ferien traktorfahrend auf der Dorfstraße verbringen würden. Immerhin war nicht alles verwüstet. Die Ställe, in denen Alijas Kuh gestanden hatte – die kroatischen Soldaten hatten sich nicht die Mühe gemacht, sie anzuzünden. Und auch der große Kiwi-Baum in der Einfahrt, der im Sommer so wohltuenden Schatten spendete, war ein weiterer Überlebender. „Schau mal", sagte Remzo plötzlich, bückte sich und hielt meiner Schwester ein längliches Objekt unter die Nase. „Eine Zahnbürste", stellte diese fest.

Die Zahnbürste nahmen wir an diesem Abend mit zurück nach Vrapcici und legten sie auf eine kleine Anrichte neben eine Mokkatasse, die Abdulah kurz nach dem Krieg im Gras vor ihrem zerstörten Haus gefunden hatte. Da lag nun alles, was von einem Haushalt übriggeblieben war.

13

FAMILIE

Herzegowina, Juni 1999

Die Handgranate lag mitten auf dem Kaffeetisch. Zwischen Kaffeetassen und Tellern mit Melonenstücken zog ein solches Objekt unweigerlich die Aufmerksamkeit auf sich und ich ertappte mich immer wieder dabei, wie mein Blick zur Handgranate wanderte. Onkel Arif streckte eine braungebrannte, verwitterte Hand nach ihr aus, öffnete den Verschluss und entnahm umständlich ein wenig Tabak, den er sich zu einer dünnen, filterlosen Zigarette drehte. Dann grinste er ein zahnloses Lachen, zwinkerte mir mit einem Auge zu und sagte etwas auf bosnisch. Wenn Onkel Arif redete, klang es, als ob man eine Büchse mit Nägeln drin schüttelte.

„Er sagt, er hat die leere Handgranate auf einem seiner Felder gefunden", übersetzte Alija, der einmal mehr die Rolle der Dolmetscherin zufiel. „Sie erinnert ihn an den

Krieg – und dass er jetzt vorbei ist." Wir nickten und lächelten diesen freundlichen, älteren Mann an, der uns auf seiner schäbigen Couch gegenübersaß, Zigarette rauchte und allem Anschein nach seine helle Freude daran hatte, uns bewirten zu können. Auch wenn er mit Wasser und Melone nach bosnischen Maßstäben nicht besonders dick auftrug. Den obligatorischen Kaffee hatte seine Frau zubereitet.

Onkel Arif war natürlich nicht Remzos richtiger Onkel. Vielmehr war er der Cousin des Schwagers von seiner Tante oder so ähnlich, aber ich hatte es längst aufgegeben, die bosnischen Verwandtschaftsverhältnisse verstehen zu wollen. Alles, was über die Kernfamilie hinausgeht, wird pauschal als Tante, Onkel oder Cousin bezeichnet, ebenso wie jeder Bekannte als Kollege und jeder Dorfbewohner als Nachbar gilt. Außerdem hatten wir in den paar Tagen, die wir bereits in der Herzegowina verbracht hatten, so viele Kollegen, Tanten, Onkel und Nachbarn kennengelernt, dass mein Gehirn sich mittlerweile außerstande sah, sich an jede und jeden erinnern zu wollen. Aber Onkel Arif war etwas Besonderes. Ich hätte unmöglich sagen können, wie alt er war. Vielleicht Anfang sechzig, vielleicht Mitte siebzig, vielleicht neunzig. Er war Klempner und weidete seine eine Kuh seit jeher nach einer sehr pragmatischen Philosophie. Am 1. Mai zog er traditionell sein Hemd aus und erst dann wieder an, wenn sein Oberkörper dieselbe Farbe hatte wie die Kuh (meistens war dieser Zustand im Spätsommer erreicht). Bei unserem heutigen Besuch wies sein nackter, ledrig-glatter Oberkörper, soweit ich das beurteilen konnte – meine fachliche Kompetenz auf diesem Gebiet war doch sehr gering – bereits einen sehr ähnlichen Farbton wie das rotbraune Tier im Garten auf, was nahelegte, dass das alljährliche Hemdüberstreifen in nicht allzu ferner Zukunft lag.

Onkel Arif war einer der wenigen Überlebenden, die nach dem Krieg in ihr eigenes Haus zurückkehren konnten, das in den Hügeln in einem Vorort von Mostar stand. Die kleine Kate hatte den Krieg relativ unbeschadet überstanden, ebenso wie seine Bewohner. Bereits vor unserem Besuch hatte Remzo uns die Geschichte von Onkel Arifs Bruder erzählt, der sich zum Schutz vor Soldaten und Granatenbeschuss in die Kühltruhe geflüchtet hatte. Das massive Gerät hatte ihn nicht nur vor den Blicken der Soldaten, sondern auch vor mehreren Kugeln geschützt, die auf halbem Weg in den Außenwänden stecken geblieben waren. Die heldenhafte Kühltruhe inklusive Einschusslöchern präsentierte uns Onkel Arif nun im Nachbarraum. „War ihm denn nicht kalt?“, piepste Laura, was angesichts der gefassten und fast schon alltäglichen Art und Weise, in der viele Menschen hier mit Kriegstraumata umgingen, gar keine abwegige Frage war. Remzo lachte und strich meiner Schwester über den Kopf. „Nein“, schmunzelte er, „sie war nicht angeschaltet.“

Der Besuch bei Onkel Arif war nur eine von vielen Stationen in einem Verwandtschafts-Besuchs-Marathon, den wir seit unserer Ankunft in der Herzegowina vor ungefähr einer Woche absolvierten. Begonnen hatte unser Dauerlauf in Vrapcici, in der vorübergehenden Behausung von Abdulah und Salima. In Folge hatten wir Remzos Schwestern, jeweils mit (Schwieger-)Familien und Kindern kennengelernt und gerade waren wir von einem Kurztrip in die Hauptstadt Sarajevo zurückgekehrt, wo Alijas

Schwester Zehra mit ihrem Mann Selman und den beiden Kindern lebte. Auf dem Rückweg meinte Remzo, da wir gerade ohnehin unterwegs seien, könnten wir noch einen kurzen Besuch bei Onkel Arif einschieben. Unsere Rückfahrt in ein paar Tagen würde uns schließlich in den nordwestlichen Teil Bosniens, nach Tuzla bringen, wo Alijas zweite Schwester mit ihrem Mann und ihren Kindern einen Gemischtwarenladen führte, in dem vorübergehend auch ihr Bruder Kemal Arbeit gefunden hatte. Obwohl ich viele der Familienmitglieder schon aus Deutschland kannte, schwirrte mir der Kopf von den vielen Namen, Gesichtern und Verwandtschaftsverhältnissen, und mein Magen weigerte sich beharrlich, noch mehr Baklava zu sich zu nehmen. Die Rettung kam meist in Form von Wassermelone daher, die es zu dieser Jahreszeit in der Herzegowina in rauen Mengen gab, die man sich immer irgendwie einverleiben konnte und die dementsprechend von allen Gastgebenden völlig inflationär serviert wurde.

Anders als Remzo und Alija waren die meisten Verwandten bereits wieder in ihr Heimatland zurückgekehrt und versuchten, sich auf den Trümmern ein neues Leben aufzubauen. Selman und Zehra hatten Arbeit auf dem Flughafen in Sarajevo gefunden, ein Glücksgriff für Nachkriegsverhältnisse, und sich bereits in der Nähe, seitlich der Einfallstraße nach Sarajevo, ein kleines Haus gebaut. Mit der Straßenbahn waren wir von dort die Zmaja od Bosne entlanggefahren, die Straße, die während der Belagerung Sarajevos durch die Serben als „sniper alley“ international bekannt geworden war. Der Name rührte von den Heckenschützen, die sich in den hohen Gebäuden rechts und links der Straße positioniert hatten und zielgerichtet auf jeden schossen, der sich bewegte. Ihr Vermächtnis hatte uns noch von den narbigen Fassaden gegrüßt.

Gegenüber von Selmans Haus stand die Ruine eines ehemaligen Altersheims, von der nur mehr wenige löchrige Wände und eine Zwischendecke übrig waren. Es hätte vor dem Krieg genauso gut ein Parkhaus sein können, wären nicht alle Wände in fröhlichen und bunten Farben bemalt gewesen, ein scharfer Kontrast zum restlichen Zustand des Gebäudes. In der Nacht sahen wir Feuerschein in der Ruine flackern.

Wir waren in Sarajevo durch die engen Gassen des alten Basars gestreift, hatten die Tauben am Sebilj, dem Holzbrunnen auf dem zentralen Platz in Sarajevos Basarviertel, gefüttert und den Fluchttunnel unter dem Flughafen besucht.

Wo heute ein großes Besucherzentrum steht, musste man im Jahr 1999 noch genau wissen, wo man suchen sollte, um diese zeitgeschichtliche Stätte zu finden. Selman jedoch hatte sich ausgekannt und uns im Vorort Ilidza vor ein einfaches, schäbiges Einfamilienhaus gefahren, ebenfalls mit zerschossener Fassade und vernagelten Fenstern. Statt Eintritt zu zahlen, hatten wir im Nachbarhaus geklingelt, woraufhin uns ein Mann mittleren Alters umstandslos in das heruntergekommene Haus geführt hatte, in dem der Tunnel endete. Er hatte den bosnischen Vorort Ilidza mit dem belagerten bosnischen Teil Sarajevos verbunden. Durch ihn waren Menschen hinaus und Lebensmittel und Versorgungsgüter in die Stadt hinein gelangt. Schaudernd waren wir einige Meter in den Tunnel gegangen, Dunkelheit und Feuchtigkeit auf der Haut. „Bis zum Ende können wir nicht gehen“, hatte Selman übersetzt, weiter hinten sei es nicht sicher. „Wo hört der Tunnel auf?“, hatte mein Vater gefragt. „Das weiß man nicht genau“, hatte Selman entgegnet, woraufhin sich ein lebhaftes und gestenreiches Gespräch mit dem Hausbesitzer entwickelt hatte, an dessen Ende wir erneut in Selmans Auto Platz genommen und um den Flughafen herumgefahren waren. Vor einer Autowerkstatt – „Vulkanizer“ war mit roter Farbe auf eine kleine Mauer gesprüht – hatte Selman angehalten und mit dem Werkstattbesitzer ein ebenso engagiertes Gespräch geführt, das zum Ergebnis hatte, dass wir in die Garage gewunken worden waren. Dort hatte sich der Werkstattbesitzer mit einem seiner Mitarbeiter auf den Boden gekniet, mehrere Lagen Metall- und Holzplatten angehoben und uns ein ausgefranstes Loch im Boden präsentiert. „Hier ist das andere Ende vom Tunnel“, hatte Selman stolz meinem Vater erklärt. Stumm hatte ich in die Dunkelheit gestarrt und versucht mir vorzustellen, wie es sich anfühlen musste, in diesen Schacht zu kriechen, durch Erde, Schlamm oder hüfthohes Wasser, um am anderen Ende halbwegs in Sicherheit wieder herauszukommen. Tausende Menschen hatten damals diesen Weg auf sich genommen, für viele war er die letzte Rettung, andere waren wieder zurückgekommen, mit Lebensmitteln, Medikamenten oder Munition auf dem Rücken.

An unserem letzten Abend in Sarajevo grillten Zehra und Selman uns zu Ehren einen Hammel. Glücklicherweise war ich damals zu jung, um mich zu fragen, wo das wollige Nachbarsschaf, das Laura und ich hingebungsvoll gestreichelt hatten, nach unserem Besuch in der Innenstadt abgeblieben war. Die Verbindung zu unserem Abendessen zog ich erst viele Jahre später.

Zwischen all diesen Besuchen und Festivitäten waren wir bei unzähligen Kollegen und Nachbarn zum Kaffee eingeladen, denn mein Vater, „der Doktor“, und meine Mutter waren in der Community mittlerweile bekannt und viele der ehemaligen Geflüchteten wollten sich bei ihnen für die Hilfe mit der deutschen Bürokratie bedanken.

Von der Herzegowina selbst hatten wir daher noch nicht viel gesehen und deshalb die nächsten zwei Tage fürs Sightseeing eingeplant. Soweit man in einem derart vom Krieg zerstörten Land überhaupt davon sprechen konnte, Sehenswürdigkeiten zu besuchen. Denn Bosniens bekannteste Touristenattraktion, die alte Brücke Stari Most in Mostar, lag im Jahr 1999 noch in unzählige Teile gesprengt auf dem Grund der Neretva. Sie war von kroatischen Soldaten zerstört worden, was die Stadt in zwei Seiten rechts und links der Neretva teilte und die bosnischen Muslime am östlichen Neretva-Ufer isolierte. Der Symbolcharakter dieser Tat wirkte noch lang über den Krieg hinaus nach. Die Brücke zwischen dem östlichen, muslimisch geprägten Altstadtufer und dem westlichen, kroatisch-katholisch geprägten, hatte als Verbindung zwischen Ost und West gegolten. Zwischen vierzigtausend und fünfundfünfzigtausend Einwohner lebten in den Kriegsjahren in der muslimischen Enklave am östlichen Neretva-Ufer, eingepfercht zwischen kroatischen Streitkräften auf der westlichen Seite und serbischen Truppen, die die östlichen Berge besetzt hielten. Die Enklave hatte im Wesentlichen aus wenigen Straßenzügen bestanden, die parallel zu Neretva und Frontlinie durch die Altstadt verliefen, die größten Gefahren waren Granatenbeschuss und Scharfschützen. Die Überlebensregel für die Einwohnerinnen und Einwohner der Enklave lautete: Wenn du ein Gebäude auf der westlichen Seite sehen kannst, kann ein Heckenschütze dich sehen.

All das erfuhr ich erst Jahre später. Vermutlich wollten meine Eltern Laura und mich nicht zusätzlich mit harter Kriegsrealität belasten, dieser Urlaub war ohnehin bereits ungewöhnlich genug. Und der Besuch Mostars stellte dabei keine Ausnahme dar.

Die Ruinen an den Straßen, die Löcher in den Fassaden, die Spuren der Zerstörung: All das hatten wir mittlerweile zur Genüge gesehen. Gewöhnen konnte man sich an solch einen Anblick nicht. Wie es wohl Remzo und Alija gehen musste, die die Stadt vor dem Krieg gekannt hatten, die hier in Kafanen und Restaurants gesessen und über die Märkte gebummelt waren? Bei unserem Spaziergang durch die Innenstadt beobachtete ich die beiden ganz genau. Gestenreich erklärte Remzo uns, wo man vor dem Krieg am besten gegessen hatte, wo er immer seine Hemden gekauft und seine unzähligen Cousins, Nachbarn und Kollegen getroffen hatte. Die beiden ließen vor unserem inneren Auge eine bunte, laute, lebendige Stadt auferstehen, die mit der Wirklichkeit wenig zu tun hatte.

Zwar waren die zentralen Altstadtgassen bereits geräumt, viele Häuser wieder aufgebaut, es spielten sich auch wieder ein Alltagsleben und sogar zarte Formen von Tourismus ab. Dass Mostar sein Trauma aber noch lang nicht überwinden würde, zeigte sich spätestens, als wir an der alten Brücke ankamen. Beziehungsweise an der Hängekonstruktion, die ihren geschwungenen Bogen bis zu ihrem Wiederaufbau im Jahr 2004 ersetzte. Die Brücke war an jedem Ende durch schwer bewaffnete K-FOR-Soldaten gesichert, Passanten wurden angehalten, sie möglichst schnell zu überqueren. Auch wir trippelten so schnell wir konnten über die Neretva, in meinem Fall gehörig eingeschüchtert durch die grimmigen Mienen der Soldaten. „Im Sommer springen viele junge Männer von der Brücke in die Neretva“, erzählte Alija und deutete auf eine kleine Holzplattform, die am Felsufer gegenüber befestigt war. „Jetzt gibt es die Brücke nicht mehr, also springen sie von dort.“ Mehr gab es dazu nicht zu sagen.

Die Nüchternheit, mit der viele bosnische Musliminnen und Muslime, die ich über die Jahre hinweg kennengelernt habe, mit ihren Kriegsverletzungen – innerlich wie äußerlich – umgehen, beeindruckt mich immer wieder. Selten klagt jemand, stattdessen wird an gute und glückliche Zeiten erinnert und Kriegsgräuel werden in einer sehr sachlichen Art und Weise geschildert. Wenn überhaupt.

Beim Besuch des mittelalterlichen Städtchens Pocitelj am nächsten Tag erzählte Alija uns nicht, wie sie mit ihren Habseligkeiten in einer Plastiktüte hierher transportiert und mit den übrigen Dorfbewohnern festgehalten worden war. Sie erzählte uns nicht die Geschichte, wie Almirs Onkel Bajro auf dem glatten Kopfsteinpflaster erschossen worden war und wie sie und Jemina sich von hier aus auf die Suche nach Remzo und Almir gemacht hatten. Stattdessen zeigte sie uns, wo es in einer kleinen Bar am Fuße des Städtchens vor dem Krieg die beste Limonade der Gegend gegeben hatte. Mit meinem Vater stieg ich den alten Festungsturm hinauf. „Safety first“ ist in den Balkanländern bis heute nicht unbedingt gelebte Philosophie, aber der Zustand des Turmes sowie seiner inneren Wendeltreppe war auch aus damaliger Perspektive zumindest höchst fragwürdig, weshalb meine Mutter meiner Schwester den Aufstieg untersagte.

Von oben hatten wir einen weiten Blick über die Neretva, die hier aus dem Canyon heraustrat, um sich wenig später kurz hinter Capljina vor der kroatischen Grenze in ihr Delta zu verzweigen. „Es ist alles kaputt“, flüsterte ich, während mein Vater, wohl in Befürchtung mittelschwerer ehelicher Konflikte, versuchte, mich so weit wie möglich von den ungesicherten Fenstern fernzuhalten. „Siehst du, da war die Moschee“, zeigte er auf einen Steinhaufen, der für mich in etwa so aussah wie alle anderen Steinhaufen Pociteljs. Selten habe ich seither zwei Gegensätze so nah beieinander gesehen wie an diesem Tag auf dem Festungsturm in Pocitelj. Zur einen Seite blickte man auf die satte, türkis glitzernde, friedlich dahinfließende Neretva hinunter. Zur anderen Seite nur auf Zerstörung, Schutt und Leid.

„So“, begrüßte Alija uns strahlend, als wir von unserer Besteigung zurückkehrten. „Gehen wir nach Hause. Wer will Baklava?“

14

JASENICA

Jasenica, Juli 1993

Das Brummen der Motoren klang laut in der Stille der Berge. Hier in Jasenica, wo nichts die Ruhe störte und der Krieg so weit weg schien, war das Geräusch ein Eindringling in die trügerische Sicherheit, die Remzo und Almir seit ihrer Ankunft vor wenigen Tagen umgab. Sie hörten es alle im selben Moment: Die drei Männer warfen sich über den Wohnzimmertisch einen alarmierten Blick zu. Noch bevor einer von ihnen etwas sagen konnte, rief Cemals Frau Nura aus der Küche: „Lastwagen! Vom Militär! Sie kommen die Straße herauf!“ Almir und Remzo waren bereits aufgesprungen. „Ihr müsst hier weg“, sagte Cemal drängend. Almir wandte sich automatisch zur Tür des kleinen Bauernhauses, in dem Remzo und er seit ihrer Flucht aus Domanovici Unterschlupf gefunden hatten. „Nicht durch die Tür,

Idiot", fuhr sein Cousin ihn an. „Sollen sie uns gleich sehen und erschießen?" Er öffnete das Wohnzimmerfenster, das zum Garten und dem angrenzenden Wald hinauszeigte. „Hier raus", bedeutete er Almir. „Halt den Kopf unten und schau, dass du so schnell wie möglich zu den Bäumen kommst." Remzo hörte, wie das Motorengeräusch immer näher kam, während Almir umständlich aus dem Fenster kletterte. Kaum hatte er den Boden erreicht, schwang sich Remzo seinerseits auf das Fensterbrett. Er warf einen letzten Blick zurück zu Cemal und Nura, dem bosnisch-muslimischen Paar, das sie beide so uneigennützig aufgenommen hatte. „Danke", sagte er, weil ihm nicht einfiel, was er sonst sagen sollte, und sprang seinem Cousin hinterher.

Zum Waldrand waren es nur wenige Dutzend Meter, aber es kam ihm vor, als laufe er kilometerlang durch störrisches Gras und über stolprige Erde. Er hielt ebenfalls den Kopf gesenkt, immer in der Angst, Rufe oder Schüsse hinter sich zu hören. Er dachte daran, wie er und Almir vor einiger Zeit schon einmal vor den kroatischen Soldaten in den Wald geflohen waren. Nach der missglückten Straßensperre, bei der der junge Besim gefangengenommen worden war. Remzo hoffte inständig, dass sie dieses Mal genauso viel Glück haben würden.

Als er den erlösenden Schatten der Bäume erreichte, lief er noch ein paar Meter weiter und lehnte sich dann, nach Atem ringend, an einen Baumstamm. Almir stand, ebenfalls schwer atmend, neben ihm und wischte sich gerade mit dem Ärmel den Schweiß von der Stirn. „Lass uns weiter in den Wald hineingehen", schlug er vor. Remzo nickte und bahnte sich seinen Weg zwischen Steinen, Ästen und umgestürzten Bäumen, immer darauf bedacht, möglichst wenig Geräusche zu verursachen. Seitdem die kroatischen Schlepper sie in Jasenica abgeladen hatten, war das Gefühl der Bedrohung langsam zurückgewichen. Es war zwar nie vollständig verschwunden und die Sorge um Alija und seine Familie hatte ihn in keiner Nacht gut schlafen lassen, aber der Krieg hatte dieses von der Welt vergessene Dorf noch nicht erreicht. Aus Jasenica war noch niemand geflohen, noch niemand gestorben, noch niemand ins Lager gebracht worden. Bis heute. Remzo machte sich keine Illusionen, was die Ankunft des kroatischen Militärs bedeutete.

Nachdem sie ungefähr einen Kilometer gegangen waren, hielt er an. „Lass uns hier bis zur Dunkelheit warten“, schlug er Almir vor. Er wollte in Erfahrung bringen, was im Dorf vorgefallen war. Almir kauerte sich in den Schatten einer Buche und sie verbrachten den Nachmittag schweigend, nebeneinandersitzend, die Brutalität des Krieges wieder einmal unbarmherzig vor Augen.

Der Schatten der Buche wurde länger und länger und löste sich schließlich in der hereinbrechenden Nacht auf. Die Zikaden beendeten ihr fortwährendes Zirpen, und als Remzo die ersten Sterne durch die Baumkronen sehen konnte, stieß er Almir vorsichtig mit dem Fuß an. Sein Cousin war in der wohltuenden Kühle der Dämmerung eingenickt. „Almir!“, rief Remzo ihn leise. Almir war sofort hellwach. „Wollen wir los?“, fragte er nur. Remzo nickte, aber Almir hatte sich bereits in Bewegung gesetzt. Sie kamen langsam voran, immer wieder blieb einer der Männer stehen, weil er meinte, etwas gehört zu haben, das seinen Ursprung nicht im Wald hatte, sondern Anzeichen für eine Bedrohung war, die sie seit Monaten verinnerlicht hatten. Am Waldrand angekommen, sahen sie, dass im Haus von Nura und Cemal Licht brannte. Vorsichtig, dem Lichtstreifen des Fensters ausweichend, schlichen sie durch den Garten. Remzo presste sich an die noch warme Hauswand und klopfte leise an die Fensterscheibe. Nach wenigen Sekunden öffnete sich das Fenster, er hörte Nuras ängstliche Stimme: „Cemal?“ „Nein, Remzo und Almir sind hier“, flüsterte Remzo. Er konnte Nuras Enttäuschung durch das Mauerwerk spüren. „Sie haben Cemal abgeholt“, flüsterte Nura zurück. „Sie haben alle Männer abgeholt. Meinen Vater und meinen Bruder auch.“ Jetzt zitterte ihre Stimme. „Ich dachte, er ist vielleicht irgendwie entkommen.“ Remzo wusste darauf keine Antwort und keinen Trost. Cemal musste mittlerweile mit den anderen im Lager sein. Er hätte Nura anlügen können. Er hätte ihr sagen können, dass Cemal es schon schaffen würde und die Bedingungen nicht in allen Lagern so schlecht seien. Dass es auch Kroaten gab, die ihr Herz am rechten Fleck hatten und sie zuversichtlich sein solle, dass ihr Ehemann bald zurückkommen würde. Was er stattdessen fragte, war: „Kannst du uns etwas zu essen geben?“ „Und Wasser?“, fügte Almir hinzu. Das Fenster schloss sich. Die beiden Männer verharrten im Schatten der Hauswand, unsicher, ob ihre Bitte erhört werden würde.

Als Remzo gerade überlegte, wie lange sie wohl noch warten konnten, ohne entdeckt zu werden, öffnete sich das Fenster wieder. „Nehmt das“, flüsterte Nura. Aus dem Fenster ragte ein Korb. Almir streckte sich und nahm den Korb an sich. Noch bevor sie ein Wort des Dankes sagen konnten, fügte Nura hinzu: „Und jetzt seht zu, dass ihr wegkommt. Lasst euch nicht mehr im Dorf sehen. Und kommt nicht mehr zu meinem Haus.“ Das Fenster schloss sich ebenso plötzlich, wie es sich geöffnet hatte. Der Krieg ist ein Verräter und der einzige Gewinner in all dem Elend, dachte Remzo, während er mit Almir zurück in den Wald schlich.

15

VERSTECK

Wald von Jasenica, August 1993

Remzo erzählt:

„Insgesamt waren wir über drei Wochen im Wald. Eine bosnische Frau in Jasenica hat uns zu essen gegeben. Wir konnten nicht weg, weil Almir nicht durch die Neretva schwimmen konnte. Jeden Tag hatten wir Angst, dass uns jemand entdeckt. Eines Tages ist ein Holzsammler an unserem Lager vorbeigekommen. Wir haben ihn gebeten, dass er niemandem verraten soll, wo wir sind. Er hat es versprochen, aber er hat sich nicht daran gehalten.“

Wann die Schmerzen begonnen hatten, konnte Remzo nicht mehr genau sagen. Sein Unterleib war eine einzige Agonie.

Er hockte im Gebüsch, von Krämpfen geschüttelt, und wusste nicht, ob es die Hitze oder die Schmerzen waren, die ihm in diesem Moment mehr zusetzten. Jedes Mal, wenn sein Darm sich entleerte, brachte es einige wenige Minuten seeliger Erleichterung. Bis die Krämpfe wiederkehrten. In dem kleinen Winkel seines Gehirns, der noch logisch denken konnte, verstand er, dass er sich in einem Teufelskreis befand. Der Durchfall trocknete ihn aus, machte den Durst noch schlimmer und die sengende Sommersonne noch unerträglicher. Etwas in ihm wehrte sich jedes Mal, stellte sich auf die Hinterbeine und brüllte ihm ins Ohr, es nicht zu tun, wenn er dem Durst nachgab und sich wieder an das Wasserloch kauerte, um das verdorbene Wasser zu trinken.

Ihre Flucht aus Jasenica schien ihm unendlich lang her. Das Brot und die Milch, die Nura ihnen aus dem Fenster gereicht hatte, waren längst verzehrt. Er und Almir waren tief in den Wald hineingegangen, bevor sie sich den Inhalt des Korbs geteilt hatten. Am nächsten Morgen waren sie noch ein Stück weitergelaufen, bis sie in einer kleinen Senke das Wasserloch gefunden hatten. Das Wasser, die Brühe darin, hatte modrig gerochen. Weder Almir noch Remzo konnten sich erinnern, wann es zum letzten Mal geregnet hatte. Exkremente von Schafen und Kühen lagen ringsum. In der Nähe der Wasserstelle hatte Almir eine alte Plane im Wald gefunden. Sie hatten sie zu einem provisorischen Zelt umfunktioniert, niedrig zwischen zwei Büsche gespannt und mit Blättern und Zweigen bedeckt, in der Hoffnung, den Blicken vorbeiziehender Hirten oder umherstreifender Milizen zu entgehen.

Irgendwann war der Durst einfach zu groß geworden. Unter der Plane staute sich die Sommerhitze und presste ihnen erbarmungslos jeden Tropfen Flüssigkeit aus dem Körper. Almir hatte es ein wenig länger ausgehalten als Remzo. Aber letztendlich hatte auch er sich der Hitze und dem Verlangen nach Wasser beugen müssen und sich neben Remzo an die Wasserstelle gekauert. Schon die erste Handvoll, die Remzo hinuntergeschlürft hatte, hatte muffig und nach Schafmist geschmeckt. Trotzdem hatte er nicht aufhören können, sich eine Hand nach der nächsten des brackigen Wassers in den Mund zu schöpfen. Almir hatte ihn irgendwann am Handgelenk gepackt. „Nicht so viel!" Kurz darauf hatten die Krämpfe begonnen. Remzo war ins Gebüsch gestolpert, um ihr Lager nicht zu verunreinigen. Auch Almir hatte Durchfall bekommen, aber nicht so schlimm wie Remzo. Er schien das Wasser besser zu vertragen oder er hatte einfach weniger getrunken.

Seitdem mussten mindestens drei Tage vergangen sein, schätzte er. Tage, in denen er fast durchgehend im Gebüsch gekauert und kaum seine Hose hochgezogen hatte, so heftig und in solch kurzen Abständen schüttelten ihn die Durchfallattacken. Manchmal ertappte er sich bei dem Gedanken, es wäre doch besser gewesen, die Kroaten hätten sie erwischt. Schlimmer als jetzt konnte es im Gefangenenlager auch nicht sein. Wenigstens, dachte er grimmig, während er auf wackligen Beinen zurück zu ihrem Zelt wankte, spürt man so den Hunger nicht so sehr. Ihre letzte Mahlzeit war Nuras Brot gewesen. Mit dem Gedanken an Alijas Buhavac[1] und ihre Gemüsesuppe döste Remzo ein.

Er erwachte aus einem unruhigen Schlaf. Almir hatte

ihm die Hand auf den Mund gelegt und schaute ihn mit weit aufgerissenen Augen an. Remzo brauchte einen Moment, um sich zu sortieren. Die Schmerzen in seinem Unterleib, die Hitze und die Plastikplane über seinem Gesicht brachten ihn schnell wieder in die Realität zurück. Er blickte Almir an, der jetzt die Hand von seinem Mund nahm, ihm aber bedeutete, leise zu sein. Wie sehr sein Cousin abgenommen hatte in diesen wenigen Tagen im Wald. Almirs ohnehin längliches Gesicht schien nahtlos in seinen Hals überzugehen, nur der unordentliche Bart gab der Kinnpartie etwas Volumen. Unter den Augen hatte Almir dunkle Ringe. Wahrscheinlich sehe ich nicht besser aus, dachte Remzo. Dann besann er sich wieder, dass sein Cousin ihn sicherlich nicht ohne Grund geweckt hatte. Er atmete flach und lauschte in die Hitze des Waldes hinein.

Jetzt hörte er es auch. Schritte im Unterholz und die undeutliche Stimme eines Mannes. Remzo spannte sich an, jeder Muskel bereit, aufzuspringen und fortzulaufen. Weit würde er wohl nicht kommen, so entkräftet wie er war, mit wackligen Beinen und Schmerzen in den Eingeweiden. Aber er würde nicht hier liegen und warten, bis die Soldaten ihn fanden und fortbrachten. Lieber wollte er sein Heil in einer aussichtslosen Flucht versuchen.

Als er gerade meinte, es nicht länger auszuhalten und loslaufen zu müssen, packte ihn Almir wiederum am Arm. Er lauschte. Der Mann war verstummt, das Rascheln im Unterholz, die Schritte von mindestens zwei Menschen, waren aber nähergekommen. Jetzt ergriff eine zweite Person das Wort und Remzo hätte vor Erleichterung fast laut aufgelacht. Eine Frauenstimme! Wer auch immer da durch den Wald schlich, es konnten keine Soldaten sein. Wahrscheinlich Holzsammler, dachte er, und in diesem Moment wurde die Plane über seinem Gesicht zur Seite geschoben.

Remzo begriff sofort, dass er mit seiner Vermutung recht gehabt hatte. Er und Almir rappelten sich auf und sahen sich einem älteren Paar gegenüber, das die beiden Männer überrascht ansah. Offenbar hatten sie nicht damit gerechnet, hier jemanden zu treffen. Der Mann kam ihm vage bekannt vor. Er hatte ein ausdrucksloses, aber sauber rasiertes Gesicht und große Ohren, die leicht vom Kopf abstanden. Er war ungefähr so groß wie Remzo, ging aber ein wenig gebückt, so dass er kleiner wirkte, als er war. Wie seine Frau war er einfach gekleidet und hatte einen langen Ast in der Hand, auf dem er sich jetzt abstützte und die beiden Männer eingehend musterte. Hinter dem Paar stand ein kleines Maultier zwischen den Bäumen, auf dem Rücken ein großes Bündel Totholz, und zupfte seelenruhig an den Ästen und Sträuchern in seiner Reichweite.

Die Szene hatte etwas so grotesk Alltägliches, dass Remzo unwillkürlich den Kopf schüttelte. Die beiden wirkten wie aus der Zeit gefallen. Sie sammelten Holz hier im Wald, als ob es keinen Krieg gäbe, keine Milizen, keinen Grund, Angst zu haben.

„Ich kenne dich“, sagte der Mann jetzt, an Remzo gewandt. „Du hast vor dem Krieg in Capljina gearbeitet, habe ich recht?“ Er nickte. „Du auch?“, fragte er zurück und erschrak, wie schwach und zittrig seine Stimme klang. Der Mann nickte ebenfalls. „Ich heiße Eldin. Das ist meine Frau Medina.“ Eldin ließ den Blick über ihr provisorisches

Lager gleiten. Dann musterte er wiederum die beiden Geflüchteten. „Wie lange versteckt ihr euch schon hier?“, fragte er. Da wurde Remzo erst bewusst, was sie für einen Eindruck machen mussten. Beide abgemagert, schmutzig, mit unrasiertem Bart und ungepflegten Haaren und Zähnen. „Seit sechs Tagen“, sagte Almir. Remzo fuhr innerlich zusammen. Waren es wirklich schon sechs Tage? Vergeblich versuchte er, sich zu erinnern, wie die Zeit vergangen war, wie oft es dunkel und wieder hell geworden war. Aber in seinem Kopf verschwamm alles zu einem Strudel aus Hitze, Schmerzen und Furcht. Almir hatte nicht so sehr unter dem Durchfall gelitten wie er selbst. Er konnte sich vermutlich besser erinnern. Remzo rechnete schnell nach. Dann waren es fast acht Tage, seitdem sie aus Domanovici geflohen waren. Acht Tage, in denen er nichts von Alija und seinen Eltern gehört hatte. Und sie nichts von ihnen. Hoffentlich geht es allen gut, dachte er zum abertausendsten Mal, seitdem sie sich verabschiedet hatten.

„Wie ist die Situation in Jasenica?“, fragte sein Cousin. „Die Soldaten sind im Dorf“, sagte Eldin und seine Stimme klang jetzt eine Spur härter als zuvor. „Sie haben alle jungen Männer fortgebracht.“ Der schmerzvolle Blick, den er seiner Frau bei diesen Worten zuwarf, ließ erahnen, dass die beiden mindestens einen Sohn oder nahen Verwandten an die Soldaten verloren haben mussten. „Sie kommen jeden Tag und nehmen sich, was sie wollen.“ Zum ersten Mal hatte Medina das Wort ergriffen. Sie hatte eine dunkle Stimme, die zu ihrem kohlschwarzen Haar und ihren schweren Augenlidern passte. „Egal, was es ist: Kartoffeln, Schafe, Brennholz, Menschen.“ Ihre Stimme zitterte jetzt leicht vor unterdrückter Wut. Eldin machte eine beruhigende Handbewegung in ihre Richtung und Medina verstummte. „Wir können euch nicht helfen“, sagte Eldin nun bedauernd an Almir und Remzo gewandt. „Wir haben selbst kaum genug für uns.“ Er machte eine ausholende Geste, die ihn, seine Frau und den Esel einschloss, wie um seine Worte zu unterstreichen. „Habt ihr vielleicht ein bisschen Wasser für uns?“, fragte Remzo, von Verzweiflung und Durst getrieben. Eldin schüttelte bedauernd den Kopf. „Ja, ich bringe euch Wasser!“, sagte seine Frau, noch bevor dieser auf die Frage antworten konnte. „Schhh“, zischte sie in Richtung ihres Mannes, der den Mund öffnete, um sie zurechtzuweisen. „Allah ist barmherzig, wir müssen es auch sein. Ein bisschen Wasser können wir entbehren.“

Es war schon fast dunkel, als Medina zurückkehrte. Dieses Mal waren die beiden auf ihre Schritte gefasst, trotzdem konnte Remzo nichts dagegen tun, dass sich sein Puls beschleunigte, als er hörte, wie sich jemand näherte. Erst als Medina „Ich bin es“ flüsterte, beruhigte er sich. Sie hatte nicht nur Wasser dabei. Nachdem sie unter der Plane hervorgekrochen waren, überreichte Medina jedem ein in Tuch eingewickeltes Stück Brot und Käse. „Danke, danke“, flüsterten Almir und Remzo heiser. Er musste sich zusammenreißen, nicht gleich alles auf einmal hinunterzuschlingen. Noch hatte sich sein Magen nicht beruhigt, es wäre Verschwendung von kostbaren Lebensmitteln gewesen. „Hier, trink erst davon“, sagte Medina zu Remzo, griff in ihren Korb und drückte ihm eine Glasflasche in die Hand. Im Dämmerlicht versuchte er zu entziffern, was auf dem Etikett stand. „Es ist Cognac“, sagte Medinas tiefe Stimme verschwörerisch. Remzo wäre dieser fremden Frau am liebsten um den Hals gefallen. „Wie hast du … ?“, begann er, wurde aber sofort unterbrochen. „Fragt nicht. Nehmt es einfach.“ Medina fasste ihn am Arm. „Mein Sohn könnte jetzt auch irgendwo im Wald liegen und auf das Mitgefühl anderer angewiesen sein.“ Er nickte und drückte ihre Hand, um zu zeigen, dass er verstanden hatte.

„Jemand hat nach euch gefragt“, sagte Medina dann. Alarmiert sahen die beiden sich an. „Eine Frau aus Jasenica“, fuhr Medina fort. „Sie lebt in dem Haus neben Cemal und Nura, am Waldrand.“ Remzo erinnerte sich undeutlich an ein kleines, zweistöckiges Bauernhaus mit Schafställen und einem großen Gemüsegarten. Von der Terrasse im ersten Stock musste man einen Ausblick über das gesamte Neretva-Tal bis nach Domanovici haben, hatte er bei seiner Ankunft in Jasenica gedacht. „Sie sagt, wenn jemand euch sieht, soll man euch ausrichten, dass ihr bei ihr etwas zu essen bekommen könnt.“ Medina hatte sich bereits halb zum Gehen gewandt. „Viel Glück“, sagte sie, und bevor Remzo und Almir mehr als „Danke“ stammeln konnten, war sie zwischen den Bäumen in der Dunkelheit verschwunden.

Remzo beobachtete von Janlas kleiner Terrasse, wie sein Zuhause starb. Die Flammen sahen aus der Entfernung nicht bedrohlich aus. Ihr Leuchten hing wie Aurora Borealis über den Bergen, berührte zärtlich den Himmel und floss ins Firmament wie die Neretva ins Mittelmeer. Langsam, behäbig, unaufhaltsam. Spahovina schickte einen letzten Gruß, bevor es am Morgen als Friedhof ausgebrannter Häuser und aschener Felder in ein Koma fiel, aus dem es erst Jahre später wieder erwachen würde.

Er warf einen Seitenblick auf Almir. Sein Cousin hatte die Augen starr auf den Himmel gerichtet, seine Kiefer mahlten, zerkauten Schmerz und Hilflosigkeit.

„Kommt rein." Janlas Stimme zupfte ihn am Arm. „Bevor euch jemand sieht." Mit unendlicher Mühe wandte Remzo seinen Blick ab. Er hatte das Gefühl, es seinem Dorf schuldig zu sein, ihm bei seinem Todeskampf zuzusehen. Wie einem Sterbenden, dem man die Hand hält, bis die Augen zu Glas werden und der Brustkorb sich nicht mehr hebt.

An diesem Abend hatte Janla etwas Besonderes für sie. Zusätzlich zum üblichen Stück Brot und der Handvoll Käse reichte sie jedem eine Tomate. Während Almir seine direkt in den Mund steckte und gierig kaute, führte Remzo die Tomate an die Nase und sog ihren frischen kräuterigen Geruch ein. Sie roch nach Sommer, nach Unbeschwertheit, nach Feld, nach Kokorica und nach zufriedener Vergangenheit. „Die Kroaten haben sie übersehen, als sie neulich da waren", sagte Janla. Er bewunderte diese kleine Frau. Abend für Abend, wenn Almir und er sich aus dem Wald schlichen, gebückt die einhundert Meter zu ihrem Haus zurücklegten, durch ihren Garten hasteten und ohne anzuklopfen in ihr Haus polterten, empfing Janla sie mit derselben distanzierten Freundlichkeit. Und Abend für Abend berichtete sie den beiden, während sie sie mit Brot und Käse bewirtete, was die kroatischen Soldaten und Söldner dem kleinen Dorf Jasenica antaten. Immerhin, dachte Remzo, während er vorsichtig in seine Tomate biss und ihr süßer Geschmack seinen Mund füllte, haben sie Jasenica noch nicht angezundet. Das Dorf war völlig ausgedörrt. Es hatte seit langem nicht geregnet, Felder und Gärten waren eine braune Wüstenlandschaft, Häuser und ihre Bewohner brüteten in der Sonne. Jasenica würde gut brennen, dachte Remzo. Wie Spahovina.

Der Regen kam in Form eines heftigen Gewitters einige Tage später. Es kündigte sich nicht an. Kein leises Grollen schob sich über den Himmel, kein langsames Auffrischen des Windes kroch über den Horizont. Dieses Gewitter kam unvorhersehbar und schlug ohne Vorwarnung zu.

Remzo und Almir waren gerade auf dem Weg zu Janla, als ein lauter Knall die Luft zerriss. Instinktiv, geprägt von monatelangem Granatenbeschuss, ließen sie sich an Ort und Stelle auf den Boden fallen, die Hände über den Köpfen verschränkt, um sich zu schützen. Als sie einige Sekunden später begriffen, dass nicht die Kroaten, sondern das Universum selbst sie in diesem Moment unter Beschuss nahm, machte die konkrete Angst einem diffusen Bedrohungsgefühl Platz. Remzo rappelte sich auf und blickte in die Richtung, aus der der Knall gekommen war. Das Gewitter hatte sich heimtückisch an sie herangeschlichen, gelauert und gewartet, bis sie sich schutzlos im Freien befanden. „Wir müssen uns unterstellen", sagte Almir überflüssigerweise. Da hatte er in einigen Metern Entfernung bereits ein geducktes Gebäude entdeckt. Wobei Gebäude eindeutig eine Übertreibung für die schiefe Ansammlung von Brettern war, der sie sich jetzt im Laufschritt näherten, während die ersten Tropfen wie Querschläger um ihre Köpfe wirbelten und auf dem trockenen Boden einschlugen. Bei näherer Betrachtung gab sich der Holzhaufen als kleiner Schafstall zu erkennen. Almir riss die Tür auf und Remzo stolperte hinter ihm in übelriechendes Dunkel.

Die Luft war dick und braun wie Pekmez.[2] Er kämpfte gegen den Würgereiz an, den die Ausscheidungen von rund einem Dutzend Schafen in der Hitze in ihm auslösten. Fassungslos betrachtete er seinen Cousin, der nach ihrem kurzen Spurt nach Luft schnappte. Remzo presste sich die Hand auf die Nase und versuchte, so wenig wie möglich von der fauligen Luft einzuatmen.

„Was wollt ihr hier?“, herrschte sie plötzlich eine Stimme an. Er blinzelte durch das Dunkel und versuchte, den Besitzer der Stimme auszumachen. Als ein Blitz durch die Ritzen in den Holzwänden das Innere des Schafstalls kurz erleuchtete, konnte er die Umrisse eines Menschen ausmachen, der gegenüber an der Wand kauerte. In dem Sekundenbruchteil, in dem es hell im Stall war, erkannte Remzo eine lange Nase, ähnlich der seines Cousins Emir, nur gekrümmt wie ein Zeigefinger am Abzug. Der Besitzer der Stimme hatte kurze Haare, deren Ansatz sich bereits zurückzog, und eine hohe Stirn. In der Hand hielt der Mann einen Stab oder Stock, jedenfalls hoffte Remzo inständig, dass es kein Gewehr war. Ob er eine Uniform trug, konnte er nicht mehr erkennen, bevor es wieder dunkel war.

„Wir suchen nur Schutz vor dem Gewitter.“ Almirs Stimme klang ruhig und kontrolliert. Lange kam keine Antwort aus der Dunkelheit. Das gab Remzo Zeit, sich an den Gestank zu gewöhnen und seine Gedanken zu ordnen. Wäre er Soldat, hätte er das Gewehr schon im Anschlag gehabt, überlegte Remzo. „Bist du allein?“, fragte Almir in diesem Moment. Wieder kam keine Antwort. „Wir sind keine Soldaten“, sagte Remzo schließlich. Im nächsten

Aufzucken des Lichts konnte er erkennen, dass ihr Begleiter sich nicht von der Stelle gerührt hatte. Er kauerte noch immer an der Wand, den Stab, denn er war sich jetzt sicher, dass es ein Stab war, in der Hand. „Gut.“ Mehr sagte der Schafhirte nicht. Langsam wich die Anspannung aus Remzos Gliedern, er ließ sich ebenfalls auf den Boden sinken und spürte, wie sein Cousin neben ihm dasselbe tat.

Das Gewitter entlud sich etwa eine Stunde über den Bergen und dem Neretva-Tal. Eine Stunde, in der sie im Schafstall nicht sprachen und versuchten, so wenig von der stinkenden Luft einzuatmen wie möglich. Der Schafhirte rührte sich die ganze Zeit nicht von der Stelle, Remzo behielt ihn bei jedem Blitzleuchten im Auge, auch wenn er mittlerweile überzeugt war, dass der Mann harmlos war und vermutlich mehr Angst vor ihnen hatte als umgekehrt. Eine Unterhaltung wäre angesichts des Donners und des Platzregens, der auf den Schafstall niederging, ohnehin nicht möglich gewesen.

Schließlich ließ der Regen nach. Das Geräusch der Regentropfen auf dem Dach ging vom lautstarken Hämmern in ein sanftes Pladdern über. In ein paar Minuten, schätzte er, würden sie ihre stinkende Unterkunft endlich verlassen können. Zum ersten Mal freute er sich fast darauf, in ihr provisorisches Lager im Wald zurückkehren zu können. „Ihr seid Muslime.“ Die Stimme des Schafhirten kam unvermittelt aus der Dunkelheit. Es war mehr eine Feststellung als eine Frage. „Ja“, sagte Almir. „Wo habt ihr euch versteckt?“ „Im Wald draußen, seit ein paar Wochen schon.“ Remzo wollte seinem Cousin ein Zeichen geben, dass er nicht zu viel preisgeben sollte. Dann aber ließ er es sein. Es war ohnehin zu dunkel, er konnte Almir nur schemenhaft erkennen, und er war es in diesem Moment leid, immer auf der Hut zu sein und allem und jedem mit Misstrauen zu begegnen. Natürlich gingen sie ein Risiko ein. Wenn der Schafhirte den Kroaten Bescheid geben würde, dass sich zwei muslimische Männer im Wald versteckten, würden sie sie so lange suchen, bis sie sie gefunden hatten. Andererseits hatte Almir nichts verraten, was sich der Hirte allein durch ihre Anwesenheit nicht auch selbst hätte zusammenreimen können.

„Durchs Dorf und den Berg runter könnt ihr nicht“, sagte der Hirte nüchtern. „Da ist alles voller Soldaten und an der Straße haben sie Kontrollposten eingerichtet.“ Remzo spürte ganz plötzlich eine Sympathie für diesen einfachen Mann, der ihre Situation sofort überblickt hatte. Gleichzeitig trafen ihn seine Worte, denn sie machten ihm bewusst, wie ausweglos ihre Situation war. „Eure einzige Chance ist die Neretva“, redete der Schafhirte weiter. „Wenn ihr durch den Fluss schwimmt, kommt ihr am anderen Ufer in der Nähe der muslimischen Enklave heraus. Oder ihr schlagt euch Richtung Kroatien durch und schwimmt rüber nach Metkovic.“ Remzos Magen zog sich zusammen. Der Mann hatte recht. Die Neretva war ihre einzige Chance.

„Nein“, sagte Almir mit gepresster Stimme. „Das geht nicht. Ich kann nicht schwimmen.“

Den Rückweg zu ihrem Lager im Wald legten sie schweigend zurück. Der Regen hatte schließlich ganz aufgehört und der Boden dampfte. Remzo hatte nasse Füße, mehrfach war er in der Dunkelheit in große Pfützen getreten. Nach Almirs Geständnis hatten sie nicht mehr miteinander geredet, waren wenige Minuten später aus dem

Schafstall gekrochen. Die Luft erschien ihnen nach dem Schafgestank geradezu paradiesisch, es roch frisch und würzig. Trotzdem spürte Remzo, wie bedrückt Almir war. Er legte seinem Cousin leicht die Hand auf die Schulter, zum Zeichen, dass er sich keine Gedanken machen sollte. Sie würden ihr Versteck im Wald nur gemeinsam verlassen.

16

WIEDERAUFBAU

Domanovici, 2010

„Dieses Baumes Blatt, der von Osten
Meinem Garten anvertraut,
Gibt geheimen Sinn zu kosten,
Wie's den Wissenden erbaut.

Ist es ein lebendig Wesen,
Das sich in sich selbst getrennt,
Sind es zwei, die sich erlesen,
Dass man sie als eines kennt?

Solche Fragen zu erwidern
Fand ich wohl den rechten Sinn;
Fühlst du nicht an meinen Liedern,
Dass ich Eins und doppel bin."

Mein Vater klappte sein Buch zu und schaute in die Runde. Zustimmendes Gemurmel, hier und dort ein verlegenes Räuspern, während Emir dazu anhob, den versammelten Dorfbewohnern Domanovicis Goethes Gedicht aus dem westöstlichen Divan zu übersetzen. Wie erfolgreich er dabei war, ließ sich aufgrund mangelnder Sprachkenntnisse meinerseits leider nicht beurteilen, aber zumindest die Hauptbotschaft schien Emir rübergebracht zu haben. „Der Gingko ist ein Symbol für Freundschaft, für die Einheit des Verschiedenen. So wie hier, in eurem Dorf, wo das Verschiedene wieder zusammengefunden hat“, fügte mein Vater hinzu. Dieses Mal war Emirs Übersetzung besser gelungen, vereinzelt erhob sich Applaus, der Hodscha trat neben meinen Vater und schüttelte ihm die Hand. Dann nahmen sie gemeinsam den Schößling des Gingko-Baumes, der hinter meinem Vater an der weißen Außenmauer der Moschee lehnte, und setzten ihn in die dafür vorgesehene Grube zu ihren Füßen. Zwei Männer schaufelten ein wenig Erde darauf, schließlich schüttelte der Hodscha auch meiner Mutter die Hand, dann war die Zeremonie vorbei, die Gruppe strebte dem Innenhof der Moschee zu.

Es war mein erster Besuch in Domanovici seit vielen Jahren. Tagtäglich erstaunte es mich, wieviel die Dorfbewohnerinnen und Dorfbewohner bereits wieder aufgebaut hatten. Zwar lagen noch einige zerstörte Häuser zwischen den Feldern, zerlöchert und zerschossen, aber der Großteil des Dorfes war repariert, restauriert, neu gebaut. So wie die Moschee, zu deren feierlicher Eröffnung wir heute eingeladen waren. Anders als meine Schwester und ich waren meine Eltern in den letzten zehn Jahren regelmäßig in die Herzegowina gefahren. Sie hatten Remzo und Alija beim

Wiederaufbau ihres Hauses geholfen, für den ein oder anderen Nachbarn noch ausstehenden, bürokratischen Schriftverkehr mit den deutschen Behörden abgewickelt, literweise Kaffee getrunken und Melone verspeist und waren zu Remzos besten Erntehelfern avanciert. Meistens fuhren sie in den heißen Sommermonaten mit ihrem Wohnmobil nach Domanovici und kehrten einige Wochen später vollbeladen mit Obst, Gemüse, Marmelade, Baklava und anderen Köstlichkeiten wieder zurück. Im Dorfleben waren sie mittlerweile fest verankert, sie hatten ein Lieblingsrestaurant, eine Stamm-Kafane und mein Vater ließ sich jedes Mal im kleinen Frisörladen von Fatima in der Dorfmitte die Haare schneiden.

Die Einladung, als Ehrengäste bei der Einweihung der Moschee dabei zu sein, konnten sie also kaum ausschlagen, und da ich neugierig auf Alijas und Remzos Zuhause war, hatte ich mich kurzerhand angeschlossen. Denn die beiden hatten bereits vor ein paar Jahren ihr Haus wiederaufgebaut und vor kurzem auch ihre Felder wieder urbar gemacht. Obwohl Alija ihr „deutsches Zuhause“, wie sie es nannte, nicht verlassen wollte, hatte Remzo im letzten Jahr darauf bestanden, dass sie zurück nach Domanovici zogen. Dort lebten Abdulah und Salima allein in ihrem Haus, Abdulah benötigte Hilfe in der Landwirtschaft und Salima jemanden, der den Haushalt führte.

Nach dem Krieg waren die Felder jahrelang kaum zu bestellen gewesen. Statt Obst und Gemüse wucherten Büsche und Unkraut. Diese Wüstenei wieder in ertragreiches Land zu verwandeln, war Schwerstarbeit gewesen. Die Bestellung der Felder war es ebenfalls. Aber auf Kokorica und Milinovaca, den größten Plantagen, wuchsen wieder viele Reihen Pfirsich- und Feigenbäume. „Die besten der ganzen Herzegowina!“, wie Remzo nicht müde wurde zu betonen.

Schwerstarbeit war auch der Wiederaufbau des Hauses gewesen. Das Dach war niedergebrannt und hatte neu gezimmert und gedeckt werden müssen, der Kamin musste neu gemauert werden, und weil die Wände so verrußt waren, hatten die Bauarbeiter zunächst den alten Putz komplett abschlagen müssen, um neu verputzen zu können. Das Haus war damals eines der ersten und wenigen, das überhaupt eine verputzte Fassade hatte. Aber auf derlei Dinge legten sie wert.

Die Bauarbeiter hatten im Wesentlichen aus Freunden, Familie und Nachbarn bestanden, ergänzt durch einige professionelle Arbeiter aus dem Bauunternehmen von Remzos Schwager, die in einem ungeheuren Kraftakt binnen fünf Monaten eine Ruine wieder zu einem Zuhause gemacht hatten. Einen ganzen Sommer hatten die beiden dafür in Spahovina verbracht, ihre Jobs in Deutschland gekündigt. Während dieser Phase lebten sie gemeinsam mit Abdulah und Salima in einem winzigen Zimmer im alten Haus, dem früheren Stall und der heutigen Garage. Eine explosive Mischung, wie mir auch meine Mutter berichtet hatte, nachdem meine Eltern von ihrem ersten Arbeitseinsatz in Spahovina zurückgekehrt waren. „In diesem einen Zimmer wohnen, schlafen und kochen sie“, hatte meine Mutter erzählt. „Alija und ich haben darin manchmal Dschorba für dreißig Personen zubereitet.“ Duschen und Wäsche waschen mussten sie bei Familienangehörigen oder Nachbarn.

Genauso, wie es vorher war, wollten die beiden ihr Haus wiederhaben. Mit der Terrasse, die den weiten Blick aufs dinarische Gebirge freigab, dem ersten Zimmer zum Einkochen und Brotbacken, der großen Wohnküche. Von der Regierung Bosnien-Herzegowinas hatten sie dafür im Rahmen eines Wiederaufbauprogramms Material im Wert von sechzehntausend Mark bekommen. „Das war ganz schlechtes Material, ganz schlechte Qualität!“, hatte Remzo geschimpft. Letztendlich hatten sie das meiste selbst gekauft und mit dem rasenden Mohamed in die Herzegowina transportiert, da auch Abdulah sich geweigert hatte, schlechtes Material zu verbauen. „Wenn, dann machen wir das richtig!“, hatte Remzo damals am Küchentisch in Sinsheim gepoltert. Augenrollen seitens meines Vaters, vollgepackter Mohamed, Zollpapiere – das übliche Prozedere.

Das Ergebnis allerdings, wie ich bei unserer Ankunft festgestellt hatte, konnte sich sehen lassen. Noch heute habe ich Probleme damit, das schmucke, ordentliche und stets auf Hochglanz polierte Haus mit dem wüsten, brandgeschwärzten Trümmerfeld von unserem ersten Besuch in Einklang zu bringen. „Wenn ich bei Alija auf der Terrasse sitze und auf die Berge schaue, fällt immer der ganze Stress von mir ab“, pflegt meine Mutter über ihren Lieblingsplatz zu sagen. Ein bisschen geht es uns wohl allen so.

Die Eröffnungsfeierlichkeiten der Moschee hatten sich mittlerweile in den Innenhof verlagert. Dort waren tags zuvor von vielen fleißigen Helferinnen Stuhlreihen und Tische sowie ein großes Partyzelt aufgebaut worden, um die Würdenträger, die laut Remzo „aus ganz Bosnien wegen unserer Moschee“ angereist waren, vor dem Hitzekollaps zu bewahren. Die feierliche Übergabe des Gingko-

Baumes durch die deutschen Ehrengäste aka meine Eltern stand am Anfang eines Tages voller Reden, ehrwürdiger Handlungen, traditioneller Tänze und selbstverständlich viel zu essen. Von meinem Platz zwischen Alija und Salima in den hinteren Reihen – die Ehren-Einladung hatte nur für meine Eltern gegolten – konnte ich durch die vielen Turbane der versammelten Gasthodschas kaum einen Blick auf die traditionelle Tanzgruppe erhaschen, die gerade bei dreiunddreißig Grad ihre Runden über den Platz drehte. Die grüne Fahne des Propheten, die mein Vater und Almir an diesem Morgen gehisst hatten, hing bereits ein wenig ermattet vom Minarett. Auf dem Sitz zu meiner Linken tupfte Salima sich immer wieder mit einem Stofftaschentuch die Augenwinkel, so ergriffen war sie, und jammerte doch gleichzeitig in einem fort, wie schade es war, dass ihr Abdulah diesen Tag nicht mehr erleben konnte. Remzos Vater war vor etwas mehr als einem halben Jahr plötzlich an einem Herzinfarkt gestorben.

„Sarah!" Alija stieß mich in die Hüften, „Kannst du gleich mitkommen und helfen?" Ich nickte und fand mich unversehens mit den meisten anderen Frauen des Dorfes an den Waschbecken der Moschee wieder, wo wir Besteck in Servietten rollten und, kaum, dass das Festmahl begonnen hatte, dreckiges Geschirr einsammelten und wieder sauber machten. An diesem Nachmittag erlebte ich hautnah, wie das Sozialgefüge in Domanovici und vermutlich in vielen ländlichen Dörfern Bosnien-Herzegowinas funktioniert: Während die Männer wichtigen Aufgaben wie der Bewertung des servierten Lammfleisches oder der Erörterung gesellschaftlicher Fragen nachgehen, schuften die Frauen im Hintergrund. Dementsprechend erfuhren mein Vater einerseits sowie meine Mutter und ich andererseits diese Festlichkeiten auf völlig verschiedene Weisen. Für Frauen wie Alija ist das seit Jahren Realität – kein Wunder, dass sie das Leben in Deutschland, wo sie durch Haushaltshilfe ihr eigenes Geld verdiente und in uns immer wieder Verbündete hatte, wenn Remzo in allzu patriarchalische Strukturen verfiel, dem Leben hier jederzeit den Vorzug gab. Das Dienstverhältnis einer Frau endet meistens erst dann, wenn eine Schwiegertochter im Haus ist, die ihr die Arbeit abnimmt. Für die kinderlose Alija bleibt noch nicht einmal diese Aussicht.

Als die Feierlichkeiten gegen Abend abebbten und alle Würdenträger wieder in ihre Dörfer und zu ihren eigenen Moscheen zurückgekehrt waren, stahl ich mich davon. Man könnte auch sagen, ich drückte mich vor dem Aufräumen und ging, müde von den Feierlichkeiten, früh schlafen. Denn am nächsten Morgen hatte ich einen wichtigen Termin: Ich sollte den Bürgermeister Domanovicis zu einem Dorfrundgang mit Interview treffen.

Damals schrieb ich ehrenamtlich für ein Online-Magazin und wollte meine Erfahrungen und Beziehungen zur Herzegowina und zu Domanovici in einer Artikelserie verarbeiten. Also hatte ich im Vorfeld den muslimischen Bürgermeister Domanovicis – verfassungsgemäß teilen sich immer ein Kroate und ein Bosniake dieses Amt – um ein Interview gebeten und Emir hatte zugesagt. Während ich auf dem Dorfplatz, gegenüber der Bäckerei und in Blickrichtung auf die Schule, darauf wartete, dass Emir seinen Morgenschwatz in der Kafane neben seinem Gemischtwarenladen beendete (Downtown-Domanovici ist sehr dicht, alle wichtigen Institutionen drängen sich an und um die einzige Kreuzung des Ortes), fragte ich mich, wie es wohl sein mochte, zwar Bürgermeister zu sein, aber doch nur zur Hälfte. Die beiden waren absolut gleichberechtigt, jedes Dokument war nur gültig mit zwei Unterschriften. Mit dieser Frage konfrontierte ich Emir dann auch sofort, kaum dass er über die Straße zu unserem Treffpunkt, dem alten Dorfbrunnen, geschlurft war. „Ich finde das gut", erklärte er mir zu meiner Überraschung. „Denn in Domanovici leben hauptsächlich Kroaten und Muslime. Die Mehrheit im Gemeinderat in Capljina halten die Kroaten, aber da ich mit dem kroatischen Bürgermeister von Domanovici gut auskomme, ist das kein Problem." „Und es gibt nie Probleme?", fragte ich ungläubig, konnte ich mir doch kaum vorstellen, dass wenige Jahre nach dem Bürgerkrieg plötzlich alles eitel Sonnenschein sein sollte.

„Es gibt manchmal Probleme mit dem kroatischen Pfarrer", räumte Emir ein und erzählte mir die Geschichte des Dorfbrunnens, in dessen Schatten wir gerade standen, und der von einer steinernen Tafel mit einer eingemeißelten ländlichen Szene flankiert war. Er stammte noch aus Zeiten der österreichisch-ungarischen Monarchie, erbaut um das Jahr 1900. Nachdem er im Krieg zerstört worden war, hatten Emir und sein kroatischer Amtskollege Ivan beschlossen, den Brunnen neu fassen und mit einem Symbol schmücken zu lassen, das die Gemeinschaft des Dorfes hervorhob und die gemeinsame Tradition widerspiegelte – daher der Stein mit dem Bild einer Frau, eines Mannes und eines Esels bei der Ernte. Der kroatische Pfarrer, berichtete Emir weiter, sei per se dagegen gewesen, da er am Dorfbrunnen jedes Jahr zu Weihnachten eine Jesus-Staue errichtete.

„Er glaubt, Jesus sei hier geboren", schmunzelte Emir. Da ich mit dem bosnischen Hang zu Übertreibung und dem kroatischen zu Patriotismus mittlerweile hinlänglich vertraut war, hegte ich keinen Zweifel, dass der Pfarrer tatsächlich Domanovici als den Geburtsort Jesu betrachtete. „Ich habe mit Jesus grundsätzlich kein Problem", erzählte Emir weiter, „aber christliche Symbole gehören in die Kirche, genauso wie muslimische in die Moschee gehören." Der Pfarrer sei jedoch sehr nationalistisch. „Er war ja gestern auch nicht bei unserer Moschee-Einweihung, obwohl wir ihn eingeladen haben." Sein Kollege Ivan sei im Streit um den Dorfbrunnen nicht eingeschritten, da er ein sonntägliches Donnerwetter von der Kanzel fürchtete, und so blieb Emir nichts anderes übrig, als in einer Nacht- und Nebelaktion – am Freitagnachmittag, wenn das Bürgermeisterbüro in Capljina nicht besetzt war – den Stein hinter dem Rücken seines Kollegen zu errichten. „Auch nicht so ganz fair", wandte ich ein, aber Emir versicherte mir, dass alle Beteiligten in Domanovici und Capljina – bis auf den Pfarrer, versteht sich – mit dem neugestalteten Dorfmittelpunkt mehr als zufrieden seien. Nur Ivan bekam seitdem jeden Sonntag Ärger bei der Predigt.

Während des folgenden Dorfrundganges, der im Wesentlichen aus einem Spaziergang zur Moschee und zurück bestand, verstand ich, dass die Einheit, die mein Vater in seiner Gingko-Rede am vorigen Tag beschworen hatte, trotzdem noch lang nicht wieder hergestellt war. Der Krieg war zwar vorbei, doch in den Köpfen der Menschen dauerte er an. Von den serbischen Einwohnerinnen und Einwohnern Domanovicis war kaum jemand zurückgekommen. Auch Remzos Nachbar und Ziehbruder Bojko, ein freundlicher Mann mit einem sehr ruhigen Gemüt, nutzte sein Haus nur mehr als Ferienwohnsitz. Dafür waren viele Kroaten zwangsumgesiedelt worden. Emir zeigte auf eine Ansammlung neuer Häuser kurz vor dem Ortsausgang. „Dieses ganze Dorf da drüben gab es vor dem Krieg nicht. Die Kroaten haben einfach Land genommen und Häuser für ihre Leute darauf gebaut.“ Er zuckte mit seinen schlaksigen Schultern. „Aber wir müssen alle miteinander gut zusammen leben.“ Wie das funktionieren mochte, in einem Dorf, in dem die Kinder in der Schule nach Ethnie getrennt unterrichtet wurden – morgens Muslime, nachmittags Kroaten, alle zwei Wochen wurde gewechselt – mag dahingestellt bleiben. Auf dem Minarett der neuen Moschee, das Emir und ich über eine schwindelerregend enge Treppe im Turm erklommen hatten, zeigte er mir, welche Teile Domanovicis wiederaufgebaut und welche nach dem Krieg neu dazu gebaut worden waren. Ich konnte keinen Unterschied erkennen.

17

WIEDERSEHEN

Pocitelj, August 1993

Das Kreuz auf dem Festungsturm von Pocitelj war von jedem Haus der mittelalterlichen Stadt aus zu sehen. Jedes Mal, wenn Alija ins Freie trat, wanderte ihr Blick den Berg hinauf und blieb daran hängen. Schon vor Wochen hatten die Soldaten die schweren Holzbalken angeliefert und auf die Festung gesetzt, ein weithin sichtbares Ausrufezeichen, das unmissverständlich klarmachte, wer in der Herzegowina jetzt das Sagen hatte. Dass die Kroaten hier, nachdem sie die Moscheen und osmanischen Häuser zerstört hatten, ein kilometerweit erkennbares Zeichen setzten, war in der Logik dieses Krieges nur folgerichtig. Gleichzeitig zeugte es von der Absurdität des Konflikts: Denn die strategische Bedeutung Pociteljs, gespeist durch seine Lage am Ende des Neretvatals, war seit dem Mittelalter ständig zurückgegangen. Der Ort besaß nur mehr noch symbolische Kraft. Aber die wusste man geschickt zu nutzen.

Alija holte tief Luft, wandte sich ab und blickte stattdessen bergabwärts zur Neretva und in die Gebirgszüge, die sich dahinter erhoben. Irgendwo dort musste das Dorf sein, in das die Schlepper Almir und Remzo gebracht hatten. Ein Dorf, von dem sie nur den Namen kannte, nicht aber seine Lage: Jasenica. Sie hatte sich immer und immer wieder diesen Ort vorgestellt, sich gefragt, wo und wie ihr Mann dort lebte. Zu einem Paar namens Cemal und Nura sollte er gebracht werden, mehr wusste sie nicht. Den Gedanken, dass die beiden vielleicht schon längst entdeckt, ins Lager gebracht oder Schlimmeres waren, konnte sie nicht zulassen. Remzo war irgendwo dort drüben in den Bergen, an einem Ort namens Jasenica, und es ging ihm gut. Punkt.

Hinter ihr öffnete und schloss sich die Tür des kleinen Hauses, in dem die Soldaten sie und viele andere – Freunde, Nachbarinnen und Verwandte aus Spahovina und Cuckovina – untergebracht hatten. Eine Hand fiel schwer auf ihre Schultern. Alija drehte sich halb um. Almirs Vater Nihad hatte dunkle Ringe unter den Augen, sein Bart war stoppelig und unrasiert, die Haare standen in alle Richtungen. In den beengten Verhältnissen, in denen sie in dem Haus lebten, bekam Alija oft mit, wie er sich nachts hin und her wälzte und dabei schwer seuzfte. „Hast du wieder nicht geschlafen?“ Nihad schüttelte leicht den Kopf. Er rieb sich die Augen und machte mit dem Kopf eine Bewegung Richtung Berge. „Ich muss sie suchen, Alija.“ Sie schwieg. Seit Tagen redete Nihad immer wieder davon, dass er Almir und Remzo suchen gehen wollte. Sie wusste, dass er die Ungewissheit kaum ertragen konnte. Dieselbe Unruhe spürte sie auch, gleichzeitig hatte sie Angst vor dem, was sie finden könnte, wenn sie nach Jasenica ginge. Immer vorausgesetzt, dass sie den Weg überhaupt fand.

„Wenn sie dich erwischen", sagte sie schließlich an Nihad gewandt, „bringen sie dich auch noch nach Dretelj. So alt siehst du dann doch noch nicht aus", schloss sie mit einem leichten Lächeln. Nihad verzog keine Miene. „Aber ich muss wissen, dass es Almir gut geht", sagte er beharrlich. Alija seufzte innerlich. Das war die berühmte familieneigene Starrköpfigkeit, die allen männlichen und auch vielen weiblichen Familienmitgliedern in die Wiege gelegt worden war. Nihad bringt es fertig, geht los und lässt sich inhaftieren, dachte sie. „Ich rede mit Jemina", sagte sie schließlich. Vielleicht wusste Almirs Frau eine Möglichkeit, ihren Schwiegervater zur Vernunft zu bringen.

Das Schicksal von Hurijas Mann saß ihnen allen noch in den Knochen. Er war schon vor Wochen ins Lager gebracht worden. Vor ein paar Tagen war plötzlich ein ehemaliger kroatischer Nachbar der Familie in Pocitelj aufgetaucht. Er war zu Hurija gegangen und hatte ihr gesagt, er hätte Nachricht von ihrem Mann. Dieser sei im Lager und er könnte ihn freikaufen, wenn sie ihm Geld geben würde. Hurija kannte den Mann noch aus Kinderzeiten, sie hatten immer ein gutes nachbarschaftliches Verhältnis zueinander gehabt, und sie sah keinen Grund, ihm zu misstrauen. Der Hoffnung erlegen, ihren Mann wiederzusehen, hatte sie alle Warnungen der anderen in den Wind geschlagen und ihr ganzes Geld zusammengekratzt. Der Nachbar erschien am nächsten Tag wie vereinbart, auf dem Rücksitz seines Autos saß Hurijas Mann. Sie hatte ihm ihr Geld in die Hand gedrückt und wollte die Autotür aufreißen, um ihren Mann zu begrüßen. Doch der Soldat und seine Begleiter hatten sie zurückgestoßen, waren ins Auto gestiegen und mit ihm davongefahren. Seitdem hatte man nichts mehr von ihm gehört.

Alija musste Jemina nicht erst an Hurijas Mann erinnern. Sie war sofort bereit, mit ihrem Schwiegervater zu reden um ihn von seinem Vorhaben, nach Jasenica zu gehen und Almir und Remzo zu suchen, abzubringen. „Auch wenn ich ihn verstehen kann", fügte sie hinzu und schaute Alija herausfordernd ins Gesicht. „Sag mir nicht, dass du dir keine Sorgen um deinen Mann machst." Die beiden Frauen kauerten im Schatten an einer Hauswand. Es war Mittag, die Sonne stand hoch und der schmale dunkle Streifen, auf dem sie sich niedergelassen hatten, um dem Gedränge im Haus zu entgehen, wurde immer dünner. Die Steinwand in ihrem Rücken spendete angenehme Kühle. „Dann lass uns gehen", sagte Alija nur. Jemina antwortete eine Weile nicht und sie beobachtete, wie das Sonnenlicht über das Kopfsteinpflaster auf sie zukroch. Sie wusste, dass es für Jemina mit ihren beiden Kindern ein größeres Risiko war als für sie selbst. Schließlich sagte Jemina nur: „Gut. Gehen wir morgen früh los, wenn es noch kühl ist."

Alija blieb stehen und wischte sich den Schweiß von der Stirn. Dann drehte sie sich um und schaute den Weg hinunter zu ihrer Begleiterin, die langsam hinter ihr den Berg heraufkam. Sie waren bereits seit ein paar Stunden unterwegs. Jemina hatte ihre Kinder bei Nihad und anderen Verwandten gelassen, und zusammen waren sie mit den ersten Sonnenstrahlen aufgebrochen. Erstaunlicherweise hatte sie bisher niemand aufgehalten. Die bewaffneten Posten an der Neretva-Brücke in Capljina hatten sich mit ihrer Erklärung, dass sie Alijas Schwägerin Naima besuchen wollten, zufriedengegeben. Capljina war um diese Uhrzeit noch wie ausgestorben und die wenigen Menschen, die unterwegs waren, nahmen keine Notiz von zwei Frauen, die allein durch die zerschossenen Straßen gingen.

Hin und wieder hatten sie andere Fußgänger gefragt, ob sie den Weg nach Jasenica wüssten. Die meisten hatten stumm den Kopf geschüttelt und waren weiter gegangen, nur eine Frau hatte ihnen eine schmale Straße gewiesen und behauptet, in dieser Richtung läge das Dorf. Die Straße war bald in einen noch engeren, unasphaltierten Weg übergegangen, der sich durch Granatapfelhaine parallel zur Neretva den Berg hinaufschraubte. Alija hatte keine Ahnung, ob sie am Ende wirklich in Jasenica ankommen würden. Sie tröstete sich mit dem Gedanken, dass der Weg irgendwohin führen musste, und da hin und wieder Müll am Wegrand lag, schien er auch regelmäßig benutzt zu werden. Sie wartete, um Jemina zu sich aufschließen zu lassen. Die ließ sich, kaum, dass sie Alija erreicht hatte, auf den Boden sinken und holte tief Luft. Alija, dankbar für die kurze Pause, setzte sich neben sie. „Wie weit ist es wohl noch?“, fragte Almirs Frau zum hundertsten Mal. Und zum hundertsten Mal sagte Alija: „Es kann nicht mehr weit sein.“ Sie hoffte inständig, dass sie auf dem richtigen Weg waren. Selbst wenn am Ende dieser Bergstraße ein Dorf lag, war noch nicht gesagt, dass es sich dabei auch um Jasenica handelte. „Lass uns noch ein oder zwei Stunden weitergehen“, schlug sie vor. „Wenn wir dann noch nicht angekommen sind, gehen wir zurück.“ Bei dem Gedanken, unverrichteter Dinge zurück nach Pocitelj zu kommen, wurde ihr übel. Aber sie mussten auch ihre Kräfte für den Rückweg einteilen. Hier draußen zu übernachten wäre sicher keine gute Idee. „Gut", sagte Jemina. „Noch ein oder zwei Stunden."

Als Alija das Haus hinter der Biegung auftauchen sah, blieb sie stehen und schloss vor Erleichterung die Augen. Ob das Gebäude zu Jasenica gehörte oder nicht: Sie konnte kaum noch bergauf gehen. Ihre Waden schmerzten und durch ihre dünnen Sommerschuhe spürte sie jeden Stein auf dem unebenen Weg.

Das Haus sah von Weitem verlassen aus. Es war einstöckig, in einem dunklen Grün gestrichen, eine Mauer mit einem Eisentor umgab es, die Holzläden waren geschlossen. „Das ist ein Gebetshaus", sagte Jemina, als sie nah genug herangekommen waren. Alija nickte. Das Dorf schien so klein zu sein, dass es keine eigene Moschee hatte. Immerhin, dachte sie, wissen wir jetzt, dass es hier eine Siedlung geben muss. Nach zwei weiteren Biegungen konnten sie die Straße der Länge nach überblicken. Es gab kein Ortsschild oder irgendeinen anderen Hinweis, dass sie sich in einem Dorf befanden, aber links und rechts der Straße standen vereinzelte Häuser und Ställe. Alija überlegte gerade, ob sie einfach an eine der Türen klopfen sollten, als sie in einem Garten ein paar Meter entfernt eine Frau sah. Sie hatte eine Schüssel in der Hand und schien etwas zu ernten. Wahrscheinlich Tomaten, dachte Alija, verblüfft darüber, dass jemand in so geringer Entfernung von Domanovici einer so alltäglichen Arbeit wie Tomatenernten nachgehen konnte, während der Krieg für sie und ihre Familie den Alltag schon vor Monaten vernichtet hatte.

„Hallo!“, rief sie und ging langsam auf den Garten zu. Die Frau sah hoch, Misstrauen im Blick, und schob die Schüssel mit den Tomaten unwillkürlich hinter ihren Rücken. „Wir wollen dir nichts wegnehmen“, sagte Jemina beschwichtigend. „Wir wollen nur wissen: Ist das hier Jasenica?“ Die Frau nickte knapp. Alija spürte die Erleichterung, die sich in ihr ausbreitete. Sie waren am richtigen Ort. „Kennst du Cemal und Nura?“, fragte sie, obwohl sie ein Risiko einging, nach einem muslimischen Paar zu fragen. „Wieso willst du das wissen?“, fragte die Frau zurück. Jemina und Alija sahen sich voll Angst und Unsicherheit an. Wenn sie einer Fremden anvertrauten, dass sie nach zwei Männern suchten, konnte das schlimme Folgen für Almir und Remzo haben, die vielleicht, hoffentlich, unentdeckt bei Cemal und Nura Unterschlupf gefunden hatten. Andererseits wussten sie nicht, wo die beiden lebten oder wie sie aussahen und nur Dorfbewohner konnten ihnen weiterhelfen. Alija beschloss, ein weiteres großes Risiko einzugehen. Ich bin nicht den ganzen Weg hierhergelaufen, um jetzt aufzugeben, dachte sie. Sie nickte Jemina kurz zu und sagte: „Wir suchen unsere Männer. Almir und Remzo aus Domanovici. Hast du sie gesehen oder von ihnen gehört? Sie sind Bekannte von Cemal und Nura.“

Die Frau schaute ihr einige Sekunden fest in die Augen. „Ich bin Nura“, sagte sie dann. „Und ich habe eure Männer seit Wochen nicht gesehen.“

Nuras Geschichte war schnell erzählt. Über die Gartenmauer hinweg berichtete sie Alija und Jemina, was sich vor Wochen in ihrem Haus zugetragen hatte: Von den Soldaten, die eines Abends plötzlich aufgetaucht waren und alle Männer mitgenommen hatten. „Auch Cemal und meinen

Bruder“, sagte sie, Härte in der Stimme und im Blick. „Eure Männer sind aus dem Fenster gesprungen, seitdem habe ich sie nicht mehr gesehen.“ Alija fühlte ein Gewicht in ihre Magengrube sinken. „Es tut mir leid“, fügte Nura tonlos hinzu und ging zurück in ihr Haus, die Schüssel mit den Tomaten fest in der Hand.

Alija spürte, wie sich Verzweiflung in ihr ausbreitete. Sie waren so kurz davor und gleichzeitig so weit davon entfernt, Remzo und Almir zu finden. Doch wie so oft, wenn der menschliche Wille an seine Grenzen gerät, hilft das Schicksal mit einem kleinen Schubs nach.

Während die beiden noch beratschlagten, was sie tun sollten – direkt zurück nach Pocitelj oder erst einmal irgendwo ausruhen – kam ein älterer Mann die Dorfstraße herauf, ein schweres Bündel auf dem Rücken. „Was macht ihr hier, wer seid ihr?“, herrschte er sie an. „Wir suchen unsere Männer, Remzo und Almir aus Domanovici“, sagte Alija schnell, bevor sie es sich anders überlegen konnte. Jetzt ist es auch egal, dachte sie, innerlich darauf gefasst, dass der alte Mann die Soldaten rufen würde. Er tat jedoch nichts dergleichen, sondern musterte sie kritisch, fast ein wenig ängstlich. „Bitte“, fügte Jemina nur hinzu. „Ich heiße Eldin“, sagte er und setzte sein Bündel mit Holz vorsichtig zu Boden. „Ich weiß, wo die beiden sind.“

Alija hätte nicht gedacht, dass sie an diesem Tag noch einen Schritt weiter würde gehen können. Trotz der Tageszeit, es war mittlerweile früher Abend, war es noch unerträglich heiß. Aber die Aussicht, Remzo wiederzusehen, ließ sie die Strapazen kaum spüren, während sie mit Jemina hinter Eldin durch den Wald schlich. Sie malte sich ihr Wiedersehen immer und immer wieder aus, so dass sie den

Moment beinahe verpasst hätte, als er schließlich da war. Eldin war urplötzlich stehen geblieben, vor ihm eine Plastikplane auf dem Boden, unter der sich gerade zwei bärtige und schmutzige Männer hervorwanden. Alijas Gehirn brauchte eine Sekunde, um in diesen bedauernswerten Gestalten, die da auf dem Waldboden krauchten, ihren Mann und seinen Cousin zu erkennen. „Erkennst du mich gar nicht?“, scherzte Remzo mit rauer Stimme, und in diesem Moment holte ihr Gehirn ihre Wahrnehmung ein und sie sank vor Dankbarkeit und Erleichterung auf den Waldboden.

18

WEINTRAUBEN

Metkovic, August 1993

Alija erzählt:

„Almir und Remzo waren total abgemagert, mit dichten und verfilzten Bärten, so dass wir sie kaum erkannt haben. Sie hatten seit Wochen nicht geduscht. Wir haben dann überlegt, wie wir sie aus dem Wald schaffen und wo wir uns treffen könnten. Die Enklave in Blagaj war für Almir unerreichbar, dafür hätte er durch die Neretva schwimmen müssen. Aber er hatte eine andere Idee."

„Bitte, lass es gut gehen, bitte, lass es gut gehen, bitte ..." Wie schon bei seiner letzten verborgenen Fahrt beschwor Remzo in Gedanken Allah, das Schicksal und jeden, der es hören wollte, ihrem Vorhaben einen glücklichen Ausgang zu gewähren. Dieses Mal war die Situation jedoch heikler als bei ihrer Flucht aus Domanovici. Es waren keine professionellen Schlepper, auf deren Ladefläche sie saßen; dieses Mal kauerten Almir und er im Fußraum eines normalen Pkw, über sich Decken und Holzkisten voller Trauben, unter sich spürte Remzo den rauen Stoff, mit dem der Fußraum ausgekleidet war. Der Pkw gehörte Miran, einem kroatischen Freund von Almir aus Metkovic, der in der Nähe von Jasenica einen Weinberg bewirtschaftete.

Der Plan, den sie mit ihren Frauen vor ein paar Tagen im Wald ersonnen hatten, war gewagt: Alija und Jemina sollten Miran bitten, die beiden an seinem Weinberg abzuholen und mit dem Auto über die Neretva nach Metkovic zu bringen. Die einzige Chance für den Nichtschwimmer Almir, ihr Versteck im Wald zu verlassen. Der Weg in die muslimische Enklave war versperrt, da niemand die beiden über die Neretva nach Blagaj hätte bringen können. Metkovic war die einzige Möglichkeit. Dort wollten sie sich wieder treffen und dann gemeinsam versuchen, durch Kroatien nach Deutschland zu fliehen.

So weit konnte Remzo in diesem Moment jedoch noch gar nicht denken. Nicht nur sie beide, auch Almirs Freund ging ein nicht unerhebliches Risiko ein: Sollten sie erwischt werden, würden sie alle drei in Dretelj landen.

Miran, der den Plan zwar für riskant, aber nicht für unmöglich befunden hatte, war unter dem Vorwand, nach seinem Weinberg sehen zu wollen, nach Jasenica gefahren. Einer seiner Neffen tat an diesem Nachmittag Dienst an dem Kontrollposten, den er dafür passieren musste. Miran hatte ihm im Vorfeld gesagt: „Ich fahre heute Nachmittag zwei Männer in Jasenica am Weinberg abholen. Wenn ich zurückkomme, reiche ich dir eine Tüte Trauben aus dem Auto und du winkst mich ohne Kontrolle durch." Eine Tüte Trauben als Erkennungszeichen! Davon hing also ihr Leben ab, dachte Remzo. Dieser Plan hat so viele Schwachstellen, dass es fast ein Wunder wäre, wenn er funktioniert. Was, wenn der Neffe doch nicht Dienst hat? Wenn einer seiner Kameraden misstrauisch wird? Wenn uns jemand in Metkovic beobachtet, wie wir aus dem Auto steigen? Wenn Alija und Jemina nicht durchkommen?

Da wurde das Auto mit einem Mal langsamer. Kontrollposten. Mirans Stimme: „Ich hab' dir ein paar Trauben von meinem Weinberg mitgebracht." Eine andere Stimme: „Vielen Dank, Onkel, die mag ich besonders gern. Gute Fahrt." Das Auto fuhr an und Remzo spürte, wie Almir neben ihm sich entspannte. Langsam stieß er die angehaltene Luft aus. Und schöpfte zum ersten Mal seit Wochen ein kleines bisschen Hoffnung.

Selten hatte Remzo eine Dusche so wohlgetan. Nicht nur einmal, sondern gleich mehrere Male seifte er sich von Kopf bis Fuß ein, ließ das lauwarme Wasser über Schultern und Rücken laufen, sich einen kleinen Moment Alltag gönnend. Dann rasierte er sich sehr sorgfältig. Als er bei Miran im Badezimmer in den Spiegel gesehen hatte, hatte ihn ein hohläugiges Gespenst gegrüßt, und er konnte sich kaum vorstellen, wie er gerochen hatte.

Diese eine Nacht wollten sie im Haus von Almirs Freund in Metkovic verbringen, dann sollten Miran und sein Sohn sie nach Baska Voda ans Meer bringen, ins Haus von Emirs Schwägerin. Von dort, hatte Alija gesagt, würde sich eventuell eine Möglichkeit finden lassen, nach Zagreb zu kommen und von dort wiederum vielleicht nach Deutschland. Vielleicht, eventuell, könnte, würde – er musste sich offenbar an ein Leben im Konjunktiv gewöhnen. Ein Pochen an der Badezimmertür ließ ihn zusammenfahren. „Remzo!"Almirs Stimme. „Bist du eingeschlafen da drin oder was? Ich will auch duschen. Meine Frau und meine Kinder lassen mich nicht in ihre Nähe, solange ich rieche wie zwei Wochen altes Cevapcici!" „Das ist doch nichts Neues", scherzte Remzo, während er die Badezimmertür öffnete und seinem Cousin im Vorbeigehen auf die Schulter klopfte. Der zweite Teil ihres Planes hatte auf wundersame Weise ebenfalls funktioniert und als Almir und Remzo, nach Luft schnappend, in Mirans Garage unter den Decken und Traubenkisten hervorgekrochen waren, hatten Alija, Jemina und Almirs Töchter bereits auf dem Sofa ihres kroatischen Retters gesessen und auf sie gewartet.

Dort ließ er sich nun ebenfalls nieder, und während er schwer in die Kissen sank, den Arm um Alija gelegt und ein Glas sauberes, frisches Wasser in der Hand, glaubte er, nie wieder aufstehen zu können. Auch Alija, Jemina und den Kindern sah man die Strapazen der letzten Tage an. Sie waren über Nebenstraßen und kleine Wege vom fünfzehn Kilometer entfernten Pocitelj nach Metkovic geschlichen, Angst im Genick und Ungewissheit vor sich. Alija hatte den Weg und die Adresse auswendig gelernt, damit sie bei einer Kontrolle nicht gefunden werden konnte und Almirs kroatischer Freund keine Probleme bekam. Das illegale Verstecken bosnischer Flüchtlinge wurde hart bestraft. „Eine Nacht", hatte der schweigsame Miran gebrummt, bevor er erneut in sein Auto gestiegen und weggefahren war, um anderswo zu schlafen. Sollten sie entdeckt werden, war es besser, wenn er nicht vor Ort war. Dann könnten sie behaupten, sich illegal Zutritt zu einem Haus verschafft zu haben, wo niemand zu Hause war, und Miran käme unter Umständen davon.

Während sich draußen die heiße Nacht ausbreitete, sich auf Häuser, Weinberge, Panzer und Zerstörung legte und all das Elend zudeckte, das der Krieg hervorgebracht hatte, wurde Remzo immer müder. „Nicht ans Fenster“, hörte er mit geschlossenen Augen Jemina ihre Kinder ermahnen. Sie würden heute Nacht kein Licht anschalten, keine Kerze anzünden, sich so wenig wie möglich bewegen. „Wo fahren wir morgen hin, Majka?“, fragte Jeminas Tochter. „Ich weiß es nicht“, hörte Remzo sie antworten, das letzte, das er hörte, bevor seeliger Schlaf ihm eine kurze Atempause verschaffte.

19

ANKUNFT

Karlsruhe, Oktober 1993

Remzo erzählt:

„Ich hatte noch nie so viele Fahrräder auf einmal gesehen wie in Karlsruhe am Bahnhof. Sie standen einfach überall herum, kreuz und quer geparkt, in allen möglichen Farben und Formen. Als wir aus dem Bus gestiegen sind, waren sie das erste, das ich von Deutschland gesehen habe. Und gleich danach das Gesicht von Emir vor dem Busfenster, der uns abgeholt hat. Ich war noch nie so froh, seine Nase zu sehen. Danach sind wir mit der Straßenbahn gefahren. Ich war vorher auch noch nie mit einer Straßenbahn gefahren. Und das ganz früh am Morgen!"

Gleich musste der Bus ankommen. Alija trippelte nervös hin und her, lief immer wieder ein kleines Stückchen in Richtung Straße und wieder zurück. „Sie kommen nicht schneller, wenn du ständig hin und her rennst“, brummte Remzo, der seit einer halben Stunde auf einer Plastikbank neben der Haltestelle an Karlsruhes Zentralbahnhof saß. Sie nickte, blieb kurz neben ihrem Mann stehen, der sich gerade eine Zigarette anzündete, um Sekunden später doch wieder ihr ruheloses Getrippel aufzunehmen. In dem Linienbus aus Zagreb, der nun bereits seit einer halben Stunde überfällig war, würde ihre Familie sitzen: Selman und Zehra mit ihren Kindern, und Kemal und Naima mit der kleinen Maida. Sie hatten sich seit vielen Wochen nicht gesehen.

In Baska Voda, bei Emirs kroatischer Tante, hatten sie tagelang in einem winzigen Raum unter dem Dach gehaust, in dem sich trotz vierzig Grad niemand getraut hatte, ein Fenster zu öffnen. Durch die Straßen fuhr immer wieder das kroatische Militär, führte unangekündigte Kontrollen durch und forderte über große Lautsprecher alle Einwohner auf, bosnische Geflüchtete zu melden. „Ihr könnt hier nicht bleiben“, hatte Emirs Tante bereits am zweiten Tag mitgeteilt. Im Schutz der Dämmerung hatten sie das Haus verlassen und sich unter eine große Tanne neben einer Bushaltestelle gekauert. Als der nächste Linienbus nach Zagreb hielt, stiegen sie ein, als wäre nichts gewesen und als seien sie normale kroatische Bürger, die in die Hauptstadt führen. Bei der Erinnerung an diese Busfahrt begann Alijas Herz sofort zu rasen. Wäre der Bus nur einmal kontrolliert worden, wäre ihre Flucht vermutlich vorbei gewesen. Almir, Jemina und ihre Kinder hatten einen anderen Weg gewählt und sich wiederum über Bekannte und Freunde nach Zagreb und von dort ebenfalls nach Deutschland durchgeschlagen.

In Karlsruhe hatten sie sich wiedergesehen. Hier war bereits Emir mit seiner Familie bei einem deutschen Freund untergekommen, der vorübergehend auch Remzo und Alija aufgenommen hatte. Zusammen mit Emirs und Almirs Familie lebten sie in einer Schrebergartensiedlung – das Wort und vor allem seine Bedeutung hatte Alija erst mühevoll lernen müssen – außerhalb Karlsruhes. Die Verhältnisse waren beengt, zum Kochen gab es lediglich einen kleinen Gaskocher, das Badezimmer ersetzte ein Plumpsklo – wieder so ein deutsches Wort – im Garten. Die Wohnsituation musste sich nun ändern. Der Bus, den sie so sehnsüchtig erwartete, würde ihre Gemeinschaft um sieben weitere Geflüchtete wachsen lassen – eindeutig zu viel für die kleine Gartenhütte. Sie wollte daher am folgenden Tag mit allen zu einer Erstaufnahmestelle gehen, um sich offiziell registrieren zu lassen. Ein Schritt, vor dem vor allem ihr Mann bisher zurückgeschreckt war. „Ich will niemandem zur Last fallen“, hatte er immer wieder gesagt. „Diese Zentren sind dafür da, Menschen wie uns zu helfen“, hatte sie jedes Mal erwidert und den Sturkopf ihres Mannes verflucht.

Die Realität hatte schließlich die Überzeugungsarbeit geleistet, zu der Alija nicht imstande gewesen war, und würde sie morgen offiziell zu Asylsuchenden machen. Was genau das bedeutete, wusste sie nicht, der Freund von Emir und ihr Gastgeber hatten auch nichts Genaues sagen können. Aber dass Geflüchtete in Deutschland nicht immer gerngesehene Gäste waren, hatten sie verstanden. Vermutlich rührte Remzos starrsinnige Haltung auch daher, überlegte sie, und wurde plötzlich aus ihren Gedanken gerissen. Ein weiß-grauer Bus bog um die Ecke und hielt auf die Haltestelle zu, vor der sie und Remzo warteten. „Das sind sie!" Remzo stand auf und zertrat seine Zigarettenkippe auf dem Boden, während der große Bus schnaufend zum Stehen kam. Die Türen öffneten sich mit einem Zischen und zunächst konnte Alija zwischen all den Leuten, die aus dem Inneren strömten, kein bekanntes Gesicht erkennen.

Sie waren unter den letzten Passagieren, die ausstiegen. Naima trat zuerst aus dem Bus, gefolgt von Kemal mit Maida auf dem Arm, und dann stand ihre Familie vor ihr und Alija wusste nicht, wen sie zuerst umarmen sollte. „Willkommen in Deutschland", hörte sie ihren Mann hinter sich sagen, wie durch einen langen Tunnel, sie herzte und umarmte die Kinder, ihre Schwester, ihren Bruder, ihre Schwägerin und ihren Schwager. „Endlich seid ihr da", schluchzte Alija, Remzo verteilte Taschentücher, da mittlerweile alle weinten – vor Freude, vor Erleichterung, vor Erschöpfung.

„Lasst euch anschauen", sagte Alija schließlich, schob Zehra von sich weg und musterte ihre Familie. Wie dünn sie alle waren, wie sie dastanden, ohne Hab und Gut, ohne Geld und Pässe. Jeder mit einer Plastiktüte in den Händen. „Danke", sagten die Erwachsenen immer wieder, während die Kinder sich bereits neugierig umsahen. Sie schüttelte nur stumm den Kopf. Es war eine Selbstverständlichkeit, dass sie ihren Geschwistern das Geld für die Busfahrt geschickt hatten. Und es grenzte für ihre Begriffe fast an ein Wunder, dass es angekommen war. Über das Deutsche Rote Kreuz konnten Geflüchtete aus Bosnien mit ihren Angehörigen in der Heimat Briefe austauschen; die einzige Möglichkeit, Kontakt aufzunehmen. Sobald Alija davon gehört hatte, hatte sie einen Brief nach Capljina geschickt, an die Adresse, wo sie ihre Schwester nach wie vor vermutete und wo auch Naima nach dem Abtransport aus Domanovici mit Maida unterkommen wollte. Zwei Wochen später war tatsächlich eine Antwort eingetroffen: Sie waren nach wie vor in Capljina, zusammen, gesund und unverletzt. Wie Alijas Herz einen Hüpfer vor Freude gemacht hatte, als sie auf der letzten Seite ein paar Zeilen in der Handschrift von Kemal las. „Ich bin auch hier, nicht mehr im Lager. Es geht mir gut, mach dir keine Sorgen", hatte er geschrieben.

Als sie ihren Bruder nun betrachtete, ahnte sie, dass er, typisch Kemal, ein wenig übertrieben hatte. Äußerlich zwar unverletzt sah er dennoch nicht gut aus. Dünn und ausgemergelt, dunkle Schatten unter den Augen, eine ungesunde Gesichtsfarbe. „Was ist mit Kemal?", flüsterte sie ihrer Schwester in einem ruhigen Moment zu, während sie auf die Straßenbahn warteten. Ans Straßenbahnfahren hatte Alija sich mittlerweile gewöhnt, auch wenn sie anfangs immer Probleme hatte, das Gleichgewicht zu halten, wenn die Bahn ruckelnd anfuhr, bevor sie sich gesetzt hatte. „Er hat Nierenprobleme", gab Zehra zurück, „und er schläft schlecht, seitdem er aus dem Lager raus ist." Voller Dankbarkeit blickte Alija zu ihrer Schwägerin, die mit ihrer Hartnäckigkeit dafür gesorgt hatte, dass Kemal aus dem Lager freikam. Naima hatte eines Tages all ihr verbliebenes Geld zusammengekratzt und war zum Kommandanten des

Gefangenenlagers Dretelj gegangen, um in Erfahrung zu bringen, ob Kemal noch lebte und ihn gegebenenfalls freizukaufen. Nachdem sie mehrmals abgewiesen worden war, hatte man sie schließlich zum Kommandanten gebracht, bei dem sie vorsprechen konnte. Er hatte ihr Geld genommen, nach der Adresse gefragt und sie wieder fortgeschickt. Zwei Tage voll bangen Wartens waren gefolgt, dann hatte es abends plötzlich an der Tür geklopft. Kemal war davorgestanden. Gerade rechtzeitig, um noch ein paar Zeilen zu dem Brief an Alija hinzuzufügen und ihr mitzuteilen, dass es ihm gut ging. „Wir müssen so schnell wie möglich Capljina verlassen“, hatte Kemal an jenem Abend gesagt, das sei die Bedingung für seine Freilassung. In ihrem nächsten Brief hatte Alija das Geld für die Busfahrt geschickt und nun, knapp zehn Tage später, war ihre Familie in Sicherheit.

Der Termin bei der Erstaufnahmestelle verlief genau so, wie Alija es vom gut organisierten und durchgeplanten Deutschland erwartet hatte. In einem Land, in dem sowohl Busse als auch Straßenbahnen fast auf die Minute pünktlich fuhren, hätte sie ein bürokratisches Chaos mehr als überrascht. In der Sammelunterkunft hatte man sie registriert und ihnen zwei Räume zugewiesen, sie waren untersucht worden und Kemal bekam nun endlich Medikamente für sein Nierenleiden. Das Zentrum war groß und beherbergte viele Menschen aus vielen Ländern, von denen Alija kaum jemals gehört hatte. Sie alle einte die Tatsache, dass sie ihre Heimat hatten verlassen müssen und nun in Deutschland auf die Bürokratie angewiesen waren, die sie aus der Erstaufnahme in reguläre Unterkünfte weiter verteilen würde.

An dem Nachmittag, der ihr Leben nachhaltig prägen

sollte, saß Alija in der Mensa und wartete auf ihren Mann. Sie lebten bereits seit zwei Wochen in der Erstaufnahmestelle, und auch wenn sie dankbar war, dass sie alle in Sicherheit waren und ein Dach über dem Kopf hatten, waren die Verhältnisse nach wie vor beengt. Sie und Remzo teilten sich ein Zimmer mit ihren Geschwistern und deren Familien, während Almir und Emir mit ihren Frauen und Kindern in einem zweiten Zimmer lebten. Außerdem beherbergte die Unterkunft so viele Menschen, dass selten einmal Ruhe herrschte, für die Gemeinschaftsduschen, Toiletten und Kochgelegenheiten mussten sie häufig lange anstehen, und nicht alle Geflüchteten hatten dasselbe Bedürfnis nach Sauberkeit und Ordnung wie sie selbst. Daher hoffte Alija, dass sie bald aus dieser Massenunterkunft heraus und in ein anderes Geflüchtetenheim kämen, von dem aus sie sich Arbeit und vielleicht sogar eine eigene Wohnung suchen könnten. Heute hatte Remzo einen Termin bei der Behörde, und wenn alles gut ging, würde er mit den nötigen Papieren zurückkommen.

Und tatsächlich: Schon von weitem sah sie ihren Mann am anderen Ende der Mensa mit einem Papier wedeln. „Wir haben den Transfer“, verkündete er strahlend, als er bei ihrem Tisch angelangt war. „Pack die Sachen zusammen, Alija, morgen kommen wir hier weg.“ „Wohin, sag schon!“ Aufgeregt beugte sie sich über die Papiere, die er in den Händen hielt. „Hier“, er deutete auf ein Wort, „der Ort heißt Sinsheim.“ „Wo soll das denn sein?“, wunderte sie sich und auch Remzo schüttelte den Kopf. „Nicht weit von hier angeblich, die Busfahrt dauert morgen nur eine Stunde.“ Während Alija ihre wenigen Habseligkeiten in Tüten und Taschen packte, fragte sie sich, was sie wohl in diesem Ort erwartete, der so wunderbar deutsch klang. Würden sie Arbeit finden, eine Wohnung, vielleicht sogar Freunde? Wie lange würden sie dort bleiben müssen? Im Laufe des Tages hörte sie Remzo immer wieder den Namen ihres neuen Wohnortes vor sich hinbrummeln. Sinsheim.

20

FEIGENDIPLOM

Domanovici, Juli 2018

„Heute bist du dran.“ Knirschend zog Remzo die Handbremse seines blauen VW-Busses fest, rutschte vom Fahrersitz und verschwand umstandslos in der Kafane am Rande des Großmarkts von Capljina. Mich ließ er verdattert auf diesem Schotterparkplatz zurück, zwischen großen Lkw, ohne nähere Instruktionen, dafür mit einem Kofferraum voll Feigen, Ergebnis unserer morgendlichen Schufterei in Kokorica.

In den letzten Tagen hatte ich ihn häufiger zum Großmarkt begleitet, wenn er sein Obst an die Zwischenhändler verkaufte, die es in große Lastwägen luden und in die übrigen Regionen Bosnien-Herzegowinas fuhren. Aufgrund ihres warmen mediterranen Klimas versorgt die Herzegowina fast das ganze Land mit Obst und Gemüse. Ich verbrachte in diesem Sommer mehrere Wochen in Spahovina, wo ich eine längere Auszeit von meinem stressigen Bürojob nahm. Bei weit über dreißig Grad in einer Landwirtschaft zu helfen, die größtenteils auf Selbstausbeutung beruhte, schien mir in Berlin eine deutlich bessere Idee, als sie sich vor Ort darstellte. Um fünf Uhr früh aufstehen, stundenlang Feigen oder Pfirsiche ernten, während das Thermometer unbarmherzig nach oben klettert, klingt nur hinter einem vollklimatisierten Büroschreibtisch verlockend. In der Realität ist es ein Knochenjob, den meine beiden Bosnier seit Jahren allein erledigen, nur hin und wieder unterstützt durch Nachbarn, Freunde oder Verwandte. Um das Ganze jedoch richtig einzuordnen: Remzo weigert sich ebenfalls seit Jahren beharrlich, an der Art seiner Bewirtschaftung irgendetwas zu ändern, was bereits häufiger zu heftigen Diskussionen mit seinen deutschen Erntehelfern (meinen Eltern) geführt hat. Die eine Seite versteht nicht, wieso sich die andere Seite prinzipiell gegen jede Form der Modernisierung – und damit Arbeitserleichterung – sträubt, während die andere Seite nicht einsieht, warum sie von altbewährten Techniken abweichen sollte. Zu Abdulahs Zeiten hat das schließlich auch schon bestens funktioniert, und spätestens mit diesem Argument läuft jede Diskussion vor die Wand. Davon abgesehen, hat der Fortschritt vor Domanovici aber nicht haltgemacht. Die Nachbarschaft hat mittlerweile – dank Emir und seines unermüdlichen Engagements – schnelleres Internet als ich in meiner Wohnung in Berlin Mitte und im letzten Jahr wurde in Spahovina sogar Straßenbeleuchtung installiert.

Der Ablauf der Feigen- oder Pfirsichernte ist beinahe jeden Tag derselbe: Bei Sonnenaufgang – mitunter deutlich vor fünf Uhr – stehen Alija und Remzo auf. Für Frühstück ist meist keine Zeit, weil die kühlen Morgenstunden genutzt werden müssen, daher kocht Alija nur schnell einen Kaffee, der genug Energie liefert für die nächsten Stunden. Mit Traktor und VW-Bus fahren die beiden dann zu einem ihrer Felder, Milinovaca, Kokorica oder Stara Guvna, um je nach Jahreszeit Kartoffeln, Sauerkirschen, Pfirsiche oder Feigen zu ernten. Bis vor wenigen Jahren gab es auch eine Aprikosenplantage, die sehr zum Leidwesen meiner deutschen Familie einem akuten Schädlingsbefall zum Opfer fiel, was zur Folge hat, dass wir uns jedes Jahr um die wenigen Gläser Aprikosenmarmelade streiten, die Alija noch einkocht.

Das Obst wird meistens vom Chef persönlich per Hand geerntet, eine Arbeit, von der Remzo grundsätzlich überzeugt ist, dass niemand sie so gut macht wie er selbst. Alija darf selbstverständlich auch pflücken, aber wir anderen Erntehelfenden müssen jedes Mal aufs Neue eine Einweisung bekommen und unser Können erst unter Beweis stellen. Denn ernten heißt nicht, dass man wahllos die Früchte vom Baum pflückt und in die Holzkisten legt, die dafür vorgesehen sind. Es bedeutet, genau zu sehen, welche Frucht schon reif genug ist und im Falle der Feigen außerdem die richtige Technik anzuwenden, um die weichen Früchte nicht zu zerdrücken oder einen Teil der Schale am Ast zurückzulassen. Ich habe über die Jahre herausgefunden, dass eine leichte Drehbewegung möglichst nah am Stiel eine gute Herangehensweise darstellt. Wer nicht selbst pflücken darf, dem obliegt die Aufgabe des Laufburschen, nämlich die vollen Kisten vom Pflücker abzuholen und sie ans Eingangstürchen der Plantage zu tragen, wo die Früchte von Alija sortiert werden: die kleinen schrumpeligen nach unten, die großen saftigen nach oben. Eine Wissenschaft für sich, die beinahe noch schwieriger zu erlernen ist als das Ernten selbst. All das geschieht bei zunehmendem Tageslicht und steigenden Temperaturen. Besonders anstrengend ist es im Hochsommer zur Feigenernte, wenn das Thermometer bereits gegen acht Uhr morgens über dreißig Grad anzeigt – so wie an diesem Tag, an dem ich mit einem Mal allein auf dem Großmarkt stand. Wegen der leicht ätzenden Feigenmilch tragen wir bei der Ernte lange Hosen und langärmelige Hemden sowie Handschuhe, unter denen sich die Hitze staut. Die sortierten Kisten werden direkt in den blauen VW-Bus oder auf den wartenden Traktor geladen, bereit zum Weitertransport auf den Großmarkt. Bestenfalls ist die Ernte zwischen zehn und elf Uhr am Vormittag erledigt und wir können endlich frühstücken. Wenn ich in Spahovina bin, schickt Alija mich dann oft direkt vom Feld zur Bäckerei, Kifle kaufen. Kifle sind kleine knusprige Hefehörnchen, die nach dem Backen lauwarm in feinem Salz gewälzt werden. Zehra hat mich vor einiger Zeit mit dieser Spezialität vertraut gemacht. Seitdem führt mein erster Weg in Bosnien immer zur nächsten Bäckerei. Die rothaarige Deutsche, die mit einem Fahrrad – ja, tatsächlich, einem Fahrrad! – durchs Zentrum von Domanovici fährt und die Kifle-Vorräte leerkauft, hat in Domanovici schon häufiger für Gesprächsstoff gesorgt.

Während Alija sich nach dem Frühstück der Hausarbeit widmet und Salima versorgt, fährt Remzo mit seinem Bus voller Obst nach Capljina zum Großmarkt.

So wie heute, nur, dass er dieses Mal offenbar beschlossen hatte, das übliche Verkaufsgespräch an mich outzusourcen und stattdessen mit Kollegen und Bekannten in der Kafane Limonade zu trinken. Gut, dachte ich, und drückte den Rücken durch, das kriege ich hin. Schließlich hatte ich oft genug zugesehen und ohnehin verkauft Remzo immer an denselben Händler. „Das ist ein guter Mann“, hatte er mir bereits am ersten Tag, an dem ich ihn begleitete, erzählt. Zwar bekommt er auf diese Weise nicht immer den besten Preis, aber dafür wird er seine Ware sicher los. „Andere fahren mit ihrem ganzen Obst wieder nach Hause“, hatte er kopfschüttelnd bemerkt, „und müssen am nächsten Tag wiederkommen. Aber dann ist das Obst nicht mehr so gut.“ Meine erste Aufgabe bestand also darin, besagten Händler ausfindig zu machen.

Der Großmarkt von Capljina hatte nichts mit der romantischen Vorstellung eines Basars oder sonstigen Handelsplatzes für bunte und in diesem Fall schmackhafte Waren zu tun. Er war ein großer Schotterparkpkatz am Stadtrand, unterhalb der Landstraße, die nach Stolac in die Berge führte, kurz bevor die Neretva, aus den Bergen kommend, sich in ihrem Delta verlor. Der Parkplatz lag in der prallen Sonne, Schatten spendeten lediglich ein paar Plastiksonnenschirme, die zur markteigenen Cafébar gehörten und unter denen Remzo mittlerweile vermutlich Platz genommen hatte. Auf dem Schotter parkten kreuz und quer die Bauern der Region, damit beschäftigt, ihre landwirtschaftlichen Produkte aus ihren Autos in große Lkw zu laden. Letztere gehörten den Großhändlern, erkennbar an den Brust- oder Bauchtaschen und daran, dass sie die Ladevorgänge überwachten – meistens rauchend.

Ich erspähte meinen Händler bald: kurze Hosen, Muscle-Shirt, das über dem Bauch spannte, dunkelblaue Tasche, die ihm schräg über die Brust hing. Selbstbewusst ging ich auf den Mann zu. „Hallo“, sagte ich auf deutsch, denn mein Händler sprach hervorragend meine Sprache. Auch er hatte als Geflüchteter viele Jahre in Deutschland gelebt und gearbeitet. „Düsseldorf“, hatte er mir tags zuvor erzählt, „war schön da. Nette Menschen.“

„Ich habe Feigen von Remzo aus Domanovici im Auto“, erklärte ich. „Gut.“ Der Händler warf seine Zigarette auf den Boden und trat sie mit dem Fuß aus. „Schau ich mir an.“ Der Großmarkt in Capljina war eine Männerdomäne. Nur wenige Frauen erspähte ich zwischen den vielen Autos, und die, die ich sah, halfen ihren Männern beim Ausladen.

„Gibt es auch Frauen, die ihre eigene Ernte verkaufen und selbst handeln?“, hatte ich von Remzo kürzlich wissen wollen. „Ja, aber wenige“, hatte er gebrummt. „Es gibt eine, ihr Mann ist im Krieg gestorben und sie hat nicht wieder geheiratet.“ Die Missbilligung in Remzos Stimme ob dieses Aktes der Emanzipation war nicht zu überhören gewesen und ich hatte das Thema diplomatischerweise fallen lassen.

Über die Rolle von Mann und Frau gerät die überzeugte Feministin in mir mit dem konservativen bosnischen Bauern immer mal wieder aneinander. Allein die Tatsache, dass ich mit Mitte dreißig noch nicht verheiratet bin, geht über Remzos Verstand. Hin und wieder versucht er, halb spaßhaft, diesen Missstand zu beheben, indem er mir irgendeinen unverheirateten Kollegen oder Verwandten anpreist. Ich lehne stets dankend und höflich ab. Andererseits hatte sich gerade vorgestern im Dorfladen ein Mann bei Remzo erkundigt, ob ich noch zu haben sei. Hinter dem Kaffeeregal hatte ich der Unterhaltung gelauscht, in deren Verlauf Remzo dem Mann auseinandergesetzt hatte, dass ich zwar nicht verheiratet sei, das aber auch nicht nötig habe. Denn ich würde schließlich in der Politik arbeiten, für die deutsche Regierung, sei quasi die rechte Hand von Angela Merkel persönlich und bräuchte daher erst mal keinen Mann, schönen Dank. Gerade hatte ich richtigstellen wollen, dass die Arbeit im Bundestagsbüro eines durchschnittlichen Oppositionspolitikers kaum als Regierungsarbeit zu definieren sei, als Remzo hinzugefügt hatte: „Außerdem ist sie schon zu alt. Über dreißig."

Mein Alter oder Geschlecht spielte auf dem Markt in Capljina glücklicherweise keine Rolle. Der blaue VW-Bus wies mich offenbar als Repräsentantin des besten Feigenbauern Domanovicis aus und verlieh mir die nötige Autorität für die folgenden Preisverhandlungen. In Bosnien, muss man wissen, wird gern und engagiert über den Preis für Waren und Dienstleistungen verhandelt. Eine Gewohnheit, die Remzo auch in Deutschland auslebte und damit auch durchaus erfolgreich war.

Der wohl bemerkenswerteste Handel ereignete sich Ende der 1990er Jahre. Mein Vater fuhr mit Remzo nach Heidelberg, um den Opel eines älteren Ehepaars zu besichtigen, den Remzo kaufen wollte. Ein Auto, das laut Beschreibung gut in Schuss sein sollte und für eintausend D-Mark zu haben war. Das Ehepaar bat sie herein und Remzo knüpfte in der ihm eigenen gewinnenden Art augenblicklich freundschaftliche Bande. Nachdem er den Opel besichtigt und eine Probefahrt gemacht hatte, fing er – wie jedes Mal – an zu handeln. „Was ist dein letzter Preis?", fragt man in Bosnien-Herzegowina. An diesem Nachmittag lief er, so erzählte es mein Vater später, zur Höchstform auf. Er erzählte dem Heidelberger Ehepaar von seinen alten Eltern daheim in Domanovici, die dringend auf dieses Auto angewiesen seien. Schillernd beschrieb er ihr hartes Leben in einem vom Krieg verwüsteten Land, wie sie ohne Strom und fließend Wasser in einem zerstörten Haus lebten. „Mein armer Vater, nur eine dünne Matratze auf dem Betonboden! Meine Eltern schlafen im Stall, sie müssen jeden Tag Wasser vom Brunnen schleppen! Keine Toilette, kein Strom, nur ein Zimmer!“ Er log zwar nicht, übertrieb situationsbedingt jedoch etwas, weil er merkte, dass das Ehepaar großen Anteil an seiner Geschichte nahm. „Meine Eltern müssen immer laufen. Die Kroaten haben unsere Maschinen und den Traktor gestohlen“, setzte er noch einen drauf und schloss mit dem Hinweis: „Dieses Auto ist für meinen Vater, damit er nicht immer alles tragen muss.“

„Das ist ja furchtbar! Wie schrecklich!“ Remzo hatte ein dankbares Publikum gefunden. Das Ehepaar überließ ihm das Auto schließlich zu einem Spottpreis von dreihundert D-Mark und er war mehr als zufrieden mit seinem Verhandlungsgeschick.

Damit war die Geschichte aber noch nicht zu Ende. Einige Wochen später erreichte uns ein Brief von dem Ehepaar aus Heidelberg. Als mein Vater den Umschlag öffnete, fielen ein Schreiben und ein Scheck über dreihundert D-Mark heraus. Das Schicksal von Remzo, schrieben die beiden, hätte sie sehr berührt. Sie wären nun zu dem Schluss gekommen, dass sie von Geflüchteten, die derart viel durchgemacht hätten, überhaupt kein Geld annehmen könnten. Das sei mit ihrem Gewissen nicht vereinbar und darum hätten sie sich entschieden, ihm das Auto zu schenken. Da war auch Remzo gerührt: „Das sind wirklich gute Menschen!“ Einen besseren Handel hat er nie abgeschlossen.

Während der Händler auf dem Großmarkt in Capljina also einen Blick in den vollen Kofferraum warf, fragte ich: „Was ist dein letzter Preis?“ „Achtzig“, gab der Händler zurück. Das bedeutete, er bot mir achtzig Feninga, ungefähr vierzig Cent, pro Kilo Feigen. Selbstverständlich musste ich nun so tun, als sei das viel zu wenig. „Achtzig!“, rief ich also erbost und warf die Hände in Luft. „Hast du dir die Feigen überhaupt richtig angeschaut?“ Ich nahm eine kleine Schale aus der vordersten Kiste und hielt sie dem Händler unter die rotgeäderte Nase. „Schau selbst, das sind gute Feigen! Die besten! Die sind mindestens eine Mark wert!“ „Eine Mark!“, lachte nun seinerseits der Händler und setzte mir lang und breit auseinander, dass die Feigen höchstens Mittelmaß seien und das Angebot außerdem so groß, dass er sie auch jederzeit bei jemand anderem kaufen könne. „Quatsch, das sind preisgekrönte Feigen“, gab ich zurück, „das weißt du ganz genau!“

Tatsächlich hatte Remzo im letzten Jahr mit den Feigen aus Kokorica bei einem Wettbewerb den ersten Preis gewonnen. Diesen Umstand betont er seitdem jedes Mal, wenn die Sprache auf seine Landwirtschaft kommt, um dann auf das „Feigendiplom“, die Urkunde, zu verweisen, die ihm zu diesem Anlass verliehen worden war und die in der Kafane in Domanovici einen Ehrenplatz hat. Diese Argumentation machte ich mir nun ebenfalls zunutze und pries Aussehen, Größe und Geschmack der prämierten

Früchte. „Na gut“, brummte der Händler schließlich, „ich gebe dir neunzig Feninga.“ „Fünfundneunzig“, schoss ich zurück, was eine neuerliche Tirade auslöste, dass der Diesel nach Sarajevo teuer sei und der Händler ein ganz armer Mann, der schließlich auch noch etwas verdienen müsse. Fast hätte ich an dieser Stelle klein beigegeben, denn der Alltag dieser Zwischenhändler war in der Tat hart. Bis zum Nachmittag standen sie auf dem Markt in Capljina, fuhren dann mit ihren vollbeladenen Lkw drei oder mehr Stunden nach Sarajevo, wo sie die Waren früh am nächsten Morgen weiterverkauften, um pünktlich am Vormittag wieder in Capljina zu sein. Dort begann der Kreislauf von vorn. Schlaf gab es nur für wenige Stunden, Zeit für die Familie häufig gar nicht. Doch dann dachte ich an meine Alija und Remzo, die sich mit über sechzig Jahren ebenfalls jeden Tag den Buckel krumm arbeiteten und besann mich in letzter Sekunde meiner Loyalitäten. Der Händler schlug schließlich bei fünfundneunzig Feninga ein und stolz fuhr ich den VW-Bus neben seinen Lkw, um die Feigen zu wiegen und zu entladen.

Dieser letzte Teil gab einem kräftemäßig meistens den Rest. Zumindest mich schlauchte das Entladen jedes Mal, in gebückter Haltung, von oben brannte die Sonne, von unten der Asphalt, musste jede einzelne Kiste auf eine mechanische Waage gestellt werden. Hin und wieder halfen Bekannte, die zufällig vorbeikamen, oder die Aushilfskräfte des Händlers selbst. Letzterer stand neben der Waage und wachte mit Argusaugen darüber, dass beim Wiegen alles mit rechten Dingen zuging und keine Kiste zweimal gewogen wurde. Die Holzkisten, in denen die Früchte verladen wurden, wässerte Remzo morgens vor dem Ernten immer, damit sie möglichst viel Wasser zogen und mehr Gewicht auf die Waage brachten. Der Händler wusste das natürlich, und so wurde vom Gesamtgewicht am Ende ein Pauschalbetrag pro Kiste abgezogen. Warum er sie trotzdem wässerte, konnte Remzo mir bislang nicht zufriedenstellend beantworten.

Das Prozedere war auch heute dasselbe, nur, dass Remzo nach wie vor verschwunden war und ich die Kisten folglich allein abladen und auf die Waage stellen musste. Der Händler stand daneben und rührte keinen Finger. Irgendwann bedeutete er zwei seiner Aushilfen, mir zu helfen. Vermutlich nicht aus reiner Nächstenliebe, sondern weil er seine Ankunftszeit in Sarajevo in weite Ferne rücken sah. Hatte ich schon erwähnt, dass es unglaublich heiß war?

Am Ende zeigte die Waage knapp fünfhundert Kilo. Da ich die Kisten morgens auch vom Feld geschleppt und in den VW-Bus eingeladen hatte, hatte ich also an einem Tag eine knappe Tonne Feigen verladen. Ein Umstand, den ich am Nachmittag unbarmherzig dazu benutzen sollte, Remzo zu überreden, mich und Alija in mein Lieblingsrestaurant in Blagaj, unterhalb des Derwischhauses am Ufer der Buna, auszuführen. Was er auch widerspruchslos tat.

Als die Feigen alle im Lkw des Händlers verschwunden waren und ich japsend an der Seitenwand von Remzos Bus lehnte, winkte der Händler mich zu sich. Er zwinkerte mir zu, kramte in seiner Bauchtasche und zog ein dickes Bündel Scheine hervor. „Hundert, zweihundert, vierhundertachtzig Mark“, zählte er mir vor und drückte mir das Bündel Scheine in die Hand. Umgerechnet knapp zweihundertfünfunddreißig Euro. Dafür hatten sich also drei

Personen den ganzen Vormittag abgerackert. „Außerdem habe ich noch ein Geschenk für dich“, lachte er, und eine seiner Aushilfen drückte mir eine kleine Wassermelone in die Hand. Während ich noch verdutzt neben dem Lkw stand, in einer Hand einen dicken Packen Konvertible Mark, unter dem anderen Arm eine Wassermelone geklemmt, tauchte plötzlich der Feigenbauer höchstpersönlich wieder auf. „Remzo“, begrüßte ihn der Händler, „hast du eine neue Geschäftspartnerin?“ Dieser ignorierte ihn feixend und nahm mir die Wassermelone ab. „Und?“, fragte er mich. „Hast du ein gutes Geschäft gemacht?“ Bevor ich antworten konnte, schaltete sich wiederum der Händler ein. „Diese Frau hat härter verhandelt als du“, beschwerte er sich. Remzo grinste stolz, ich grinste ebenso stolz zurück.

Als wir wieder im VW-Bus saßen und gen Domanovici zuckelten, legte ich Remzo das Bündel Konvertible Mark aufs Armaturenbrett. Man geht in Bosnien mit Geld sehr diskret um, jedenfalls gemessen daran, dass beim Handeln so viel Aufhebens darum gemacht wird.

„Wie war der Preis heute?“, brüllte Remzo mich an. In seinem Bus kann man sich im Hochsommer nur schreiend unterhalten, denn beim Kauf war Remzo und meinem Vater ein kleines, aber entscheidendes Detail entgangen: Das Fahrzeug verfügte über keine Klimaanlage. Ein Umstand, den Remzo erst Wochen nach dem Kauf fluchend festgestellt hatte, der aber bis heute dazu führt, dass er im Sommer beim Fahren alle Fenster so weit es geht öffnet und gleichzeitig die Lüftung auf höchster Stufe laufen lässt. „Fünfundneunzig“, schrie ich zurück. „Aha, aha.“ Ich sah ihn nicken. Dann brüllte er: „Der Preis war heute neunzig!“ „Nein“, erwiderte ich, „fünfundneunzig!“ Erst als wir zu

Hause vor dem alten Stall geparkt und Remzo das Bündel Scheine durchgezählt hatte, glaubte er mir. Und erklärte daraufhin, dass seine Kollegen in der Kafane nur neunzig Feninga für ihre Feigen bekommen hätten. „Ha", strahlte ich. „Dann bekomme ich jetzt also auch ein Feigendiplom!"

21

GEMEINSCHAFT

Domanovici, August 2018

„Hier ist es.“ Wir hielten neben einer grauen, rund eineinhalb Meter hohen Steinmauer, unter einem großen Nussbaum, dessen Äste träge im Wind wippten. Hier oben, in den Bergen über der Neretva, wehte ähnlich wie in Domanovici meistens ein kühler Lufthauch, anders als in den Tälern. Wenn es im Talkessel von Mostar fünfundvierzig Grad hat, lässt es sich in Domanovici bei achtunddreißig Grad noch relativ gut aushalten. Relativ.

Neugierig stieg ich hinter Alija und Remzo aus dem VW-Bus und blickte mich um. Eine schmale Straße, rechts und links von dichten Sträuchern und Bäumen gesäumt, an der vereinzelte Häuser kauerten. Die meisten waren verfallen oder zumindest aufgegeben, die Siedlung wirkte einsam und verlassen, und strahlte dabei doch etwas Ruhiges aus. Vielleicht lag es am Schatten, den die Bäume überall hinwarfen, oder an dem vielen Grün, aber Jasenica wirkte friedlich auf mich, fast ein wenig entrückt.

„Hajde, komm!“ Alija winkte mich zu sich, während Remzo knarzend ein rostiges Gartentor aufschob, das in die Mauer eingelassen war. Dahinter ein unordentliches Grundstück, teilweise sich selbst überlassen, teilweise bewirtschaftet, im hinteren Teil sah ich eine Kuh angebunden und zwei kleine Ziegen. Ungefähr in der Mitte des Grundstücks stand ein zweistöckiges Haus, braun verputzt, an einer Seite mit wildem Wein bewachsen. Auf den ersten Blick wirkte es wildromantisch, auf den zweiten Blick fielen mir die Mängel ins Auge: Zwei der Fenster im oberen Stockwerk waren blind, der braune Putz bröckelte an mehreren Stellen, die Treppe zur oberen Terrasse, die an der uns zugewandten Seite des Hauses angebracht war, wirkte alles andere als vertrauenserweckend, das Geländer war irgendwann, von Rost zerfressen, abgefallen und lag darunter im Gras. An der langen Seite des Hauses befand sich eine Terrasse, die mit allerlei Dingen vollgestellt war. Zwischen Kisten, Plastikeimern, Schraubgläsern und Gartengeräten entdeckte ich einen Tisch und einen Plastikstuhl, direkt neben der Terrassentür, die ins Innere des Hauses führte und selbiges durch einen wehenden Fliegenschutz vom Rest der Welt trennte. In diese Öffnung lehnte sich nun Remzo, kämpfte kurz mit dem flatternden Insektengitter und holte tief Luft. „Janla“, hörte ich ihn rufen, „ovo je Remzo!“

Die Frau, der er und Almir ihr Leben verdankten, war eine der letzten Einwohnerinnen von Jasenica. Nachdem ihr Mann in Dretelj ums Leben gekommen war, kümmerte sie sich allein um ihr Haus und ihren Garten. Die Kinder, die bereits vor dem Krieg zum Arbeiten ins Ausland gezogen waren, schickten ihr regelmäßig Geld, wie Alija mir später erzählte. Trotzdem hatte die fast siebzigjährige Janla kein leichtes Leben. Sie besaß keinen Führerschein und ihr Haus keinen Anschluss an die Kanalisation. In Jasenica war die Zeit einfach stehen geblieben.

Ein wenig erinnerte mich Janla an Remzos Onkel Arif, den wir vor vielen Jahren kurz nach dem Krieg in seinem Häuschen in Mostar besucht hatten. Sie war klein und zäh, mit wenigen Zähnen im Mund, aber einem breiten Lachen, als sie aus dem Haus trat und Remzo erkannte. „Merhaba, merhaba“, wiederholte sie immer wieder. Seitdem Janla die beiden in jenem Sommer ihrer Flucht durchgefüttert hat, besucht Remzo sie hin und wieder, bringt ihr Obst und Gemüse und auch ein bisschen Geld. Ich verstand nicht, was zwischen den dreien gesprochen wurde, aber die alte Frau war offensichtlich sehr erfreut, Remzo und Alija zu sehen. Mich beachtete sie nicht besonders. Das wiederum gab mir Gelegenheit, in Ruhe meinen Blick durch den Garten schweifen zu lassen, bis nach hinten an die Gartenmauer, wo die Kuh angebunden und ein zweites eisernes Tor in die Steine eingelassen war. „Willst du gucken?“, fragte Remzo mich plötzlich. „Komm mit, ich zeige dir was.“ Wir ließen also Alija und Janla auf der Terrasse vor dem Haus zurück und stapften durch das hohe Gras zum rückwärtigen Teil des Grundstücks. An der Eisenpforte hielt Remzo an. „Hier haben Almir und ich uns immer reingeschlichen“, sagte er. Diese Tür war lange nicht geöffnet worden, wie ich feststellte, als ich sie aufzuziehen versuchte. Mit seiner Hilfe schaffte ich schließlich einen schmalen Spalt, durch den wir uns hintereinander hindurchzwängten. Wir standen im Wald. Ein kleiner Trampelpfad vor meinen Füßen verlief sich zwischen den Bäumen und Büschen. Wir folgten ihm ein paar hundert Meter und Remzo erzählte mir, wie er und sein Cousin immer zur Dämmerung aus ihrem Versteck gekrochen waren und in Janlas Haus etwas zu essen bekommen hatten. Manchmal hatte auch ein kleiner Korb mit Brot und Käse an der Gartenmauer auf sie gewartet, dann war es zu gefährlich, näher ans Haus heranzugehen. „Würdest du den Ort von eurem Versteck noch finden?“, fragte ich. Remzo zuckte mit den Schultern. „Weiß nicht. Vielleicht. Aber es sieht alles anders aus jetzt, nach dem Krieg. Sie haben die meisten Bäume gefällt, früher war hier noch mehr Wald.“ Mit diesen Worten drehte er sich um und ging zurück. „Komm“, rief er, „ich zeige dir noch was.“

Ganz wohl war mir nicht, als ich wenige Minuten später die obere Terrasse von Janlas Häuschen betrat. Die Treppe hatte glücklicherweise gehalten, aber der Beton, auf dem ich stand, hatte Risse und an einigen Stellen konnte ich die Eisenverstärkungen sehen. Sie waren ebenso rostig wie das gefallene Geländer im Gras. Remzo riss mich aus meinen Gedanken und zeigte mit dem Arm über meine Schulter hinweg. „Da drüben, siehst du Spahovina?“ Ich drehte mich um. Von Janlas Terrasse hatte man auch heute noch einen weiten Blick. Sie war gerade hoch genug, dass ich über die Bäume und Büsche hinwegsehen konnte, über eine hügelige, größtenteils kahle Landschaft, durchsetzt mit kleineren und größeren Siedlungen, dahinter waberten die Ausläufer des dinarischen Gebirges in der Hitze. Welche der Siedlungen genau Domanovici oder gar Spahovina war, konnte ich zunächst nicht erkennen. Aber Remzo dirigierte entschlossen meinen Blick: „Da, siehst du, die Straße von

Capljina, dann Hotanj, dann Domanovici. Siehst du den Turm von der Moschee? Und dann rechts Spahovina. Man sieht ganz klein unser Haus.“ Ich versuchte mir vorzustellen, wie es sich anfühlen musste, wenn man hilflos zuschauen musste, wie alles, das man liebte, in der Ferne verbrannte. Schaudernd sagte ich: „Lass uns runtergehen, ich habe Angst, die Terrasse bricht ein.“ „Gut.“ Remzo nickte und ging voraus, nicht ohne aber noch einen letzten Blick zurück auf Spahovina zu werfen.

Diese Nacht, in der kroatische Soldaten und Freischärler die muslimischen und serbischen Häuser in Domanovici angezündet hatten, hat eine tiefe Wunde ins kollektive Gedächtnis des Ortes geschlagen. Über die Jahre ist sie zwar vernarbt, aber wer genau hinsieht stellt schnell fest, dass sie nie ganz geheilt ist. Vor allem die mittlerweile ältere Generation tut sich schwer, die Gräben zuzuschütten, die der Krieg in ihrer multiethnischen Gemeinschaft aufgebrochen hat.

Dem Gingko meiner Eltern an der Moschee hatte ich einen Tag zuvor einen Besuch abgestattet. Er ist über die Jahre gewachsen, aber der Junge aus dem Dorf, den meine Eltern beauftragt haben, sich um das symbolträchtige Gewächs zu kümmern, ist mittlerweile erwachsen und studiert in den USA. Immerhin die in der Mauer dahinter eingelassene Plakette kann man gut lesen: „Friedensbaum. Ein Geschenk von Dr. Wolfgang Kringe und seiner Ehefrau.“ Der Baum selbst wirkte in der Sommerhitze ein wenig kümmerlich, so dass ich spontan mehrere Liter Wasser an den Stamm gegossen und ein wenig Unkraut gerupft hatte.

So wie in der Dorfschule in Domanovici die Kinder nach wie vor getrennt unterrichtet werden, teilt Remzo Mostar noch immer in „unseren“ und „ihren“ Teil ein. Das östliche Ufer, das während des Krieges zum größten Teil die muslimische Enklave war, und das westliche, das kroatische Ufer. Er geht grundsätzlich nur in Restaurants auf der muslimischen Seite essen, was hin und wieder zu längeren Diskussionen führt, weil man dort manchmal kein Bier zum Cevapcici bestellen kann, vor allem im Ramadan. Die Touristen, die Mostar besuchen, nehmen diese Feinheiten häufig nicht wahr. Die Herzegowina ist touristisch mittlerweile sehr gut erschlossen. Dreh- und Angelpunkt stellt natürlich Mostars Altstadt an der Neretva dar, aber auch andere Sehenswürdigkeiten ziehen zunehmend mehr Menschen an: die Naturlandschaft Hutovo Blato mit ihrer erstaunlichen Flora und Fauna, das Derwischkloster in Blagaj, die Wasserfälle in Kravica und das kleine Städtchen Pocitelj. Sogar Klettersteige und Mountainbike-Trails gibt es in den umliegenden Bergen mittlerweile, und seit einigen Jahren ist gar der Fernradweg entlang der alten Bahnstrecke von Capljina nach Dubrovnik eingeweiht worden.

An meinem letzten Nachmittag wollte ich an einer von Mostars neuesten Attraktionen teilnehmen, einer Free Walking Tour. Das Konzept kannte ich bereits aus anderen Städten: Ein lokaler Tourguide führt eine bunt zusammengewürfelte Touristengruppe auf Trinkgeld-Basis durch seine Stadt. Ich hatte immer gute Erfahrungen gemacht, aber dieses Mal konnte ich nicht umhin, nach dem Ende der Tour ein wenig enttäuscht zu sein. Auch wenn der Tourguide sich redlich Mühe gab, hatte er mir kaum etwas Neues erzählt. Sein Vortrag war extrem niedrigschwellig gehalten, und das zu recht. An einer Stelle fragte eine Touristin: „Ach, es gab hier einen Bürgerkrieg?“

Wenn mir dieser Nachmittag also eines bewusst machte, dann, wie sehr sich Mostar in den zwanzig Jahren verändert hatte, seitdem ich zum ersten Mal hier war. Die Alte Brücke spannt wieder ihren weißen steinernen Bogen über die Neretva, die Häuser in der Altstadt sind nahezu vollständig wieder aufgebaut und restauriert und nur ein kleiner verwitterter Gedenkstein mit der Aufschrift „Don't forget“ erinnert noch an die Kämpfe, die hier wüteten.

Die Brückenspringer, eine Attraktion für sich, müssen schon lang nicht mehr auf eine hölzerne Plattform ausweichen. Sie stürzen sich wieder vom Scheitelpunkt der Stari Most in die Neretva, folgen dabei einer ganz am Tourismus orientierten Choreografie. Zwei ältere Brückenspringer in Badehosen machen die Anheizer, kündigen mit viel Tamtam einen Sprung an, turnen auf dem Brückengeländer herum und vermitteln immer wieder den Eindruck, jeden Moment springen zu wollen. Während dieser Show sammelt ein anderer bei den Touristen, die sich mittlerweile erwartungsvoll auf und unterhalb der Brücke positioniert haben, Geld ein. Dieser Teil kann sich gut und gern zwanzig bis dreißig Minuten hinziehen. Brückenspringen ist nicht ungefährlich, vor allem im Hochsommer, wenn der Fluss wenig Wasser führt, das zu jeder Jahreszeit zudem extrem kalt ist. Außerdem müssen knapp dreißig Meter überwunden werden. Ein Sprung sollte sich also lohnen und die Springer tragen Sorge, dass genug Publikum am Ufer und genug Geld in der Kasse ist, bevor sie das Risiko auf sich nehmen. Ist das der Fall, haben die Anheizer ihren Job gut gemacht und ziehen sich zurück. Den eigentlichen Sprung wagt dann ein deutlich jüngerer Mann.

Auch an diesem Nachmittag war die Altstadt trotz der Hitze voller Menschen. Mostar hat eine Energie, die mich immer wieder fasziniert. Ich liebe es, in einer der Bars am Straßenrand zu sitzen und dem Treiben zuzuschauen. Reisegruppen von Kreuzfahrtschiffen, Individualreisende mit Backpack, Familien, Senioren, ein Sprachenwirrwarr. Sie schlendern durch die unzähligen Souvenirläden, die größtenteils billigen Tand, Keramik-Schüsseln in allen Größen und Formen, bestickte Taschen, Kühlschrankmagnete, Schals – meine Mutter besitzt die Kollektion der letzten Dekade – und allerlei anderen Klimbim verkaufen. Zahlen kann man auch in Euro oder Kuna, auch amerikanische Dollar wechseln den Besitzer.

Kein Wunder, dass in diesem Gewusel die beiden Backpackerinnen, mit denen ich nach der Free Walking Tour eine Cockta[1] trinken gegangen war, immer wieder den Überblick verloren, auf welcher Seite der Stadt sie sich befanden. „Ist das jetzt die kroatische Seite?“, fragte eine. „Kann nicht sein, da steht eine Moschee“, erwiderte die andere. „Es ist trotzdem die kroatische Seite“, erklärte ich. Auch auf der kroatischen Seite der Neretva gibt es Moscheen und muslimische Häuser, umgekehrt auch christliche und orthodoxe auf dem östlichen Ufer. Wenn etwas die Absurdität dieses Konflikts treffend veranschaulicht, dann das. „Ist ja eigentlich auch egal“, zuckten die beiden mit den Achseln. Wie gut, dass Remzo diese Unterhaltung nicht gehört hat.

EPILOG

Torine

Die Granatäpfel sind durstig heute. Eimer um Eimer voll Wasser schleppe ich von der Zisterne am Feldrand zu den jungen Bäumen. Remzo gräbt mit der Feldhacke neben jeden Stamm eine kleine Kuhle, ungefähr so groß wie eine Zuckermelone und circa fünfzehn Zentimeter tief. Das Wasser versickert fast schneller in der roten Erde, als ich nachschütten kann. Kein Wunder, die letzten Tage war es durchgehend knapp vierzig Grad heiß, Felder, Pflanzen und Menschen sind ausgetrocknet. Aber es wird bald besser werden. Meist ist die schlimmste Hitze Mitte August vorbei, dann werden die Temperaturen erträglicher, die Herzegowina atmet erleichtert auf.

Es dauert lang, bis Remzo und ich am letzten Granatapfelbaum angelangt sind. Wir haben uns dabei immer weiter von der Zisterne entfernt, der Abstand zum letzten Baum ist doch erheblich und mir schmerzt inzwischen der Rücken vom vielen Hin- und Herlaufen. Die Zisterne ist ein betonierter Schacht im Boden, mit einer Metallplatte abgedeckt. Hier sammelt sich Regenwasser zum Bewässern von Torine. Da es schon Wochen nicht geregnet hat, ist der Wasserstand entsprechend niedrig. Ich lasse den Eimer an einem abgewetzten Hanfseil hinunter, schlenkere ihn ein wenig hin und her und ziehe ihn dann vorsichtig wieder zu mir hoch. Während ich erneut Remzos vorsintflutliche Bewirtschaftung verfluche, hoffe ich, dass sich mein Vater in Bezug auf Torine durchsetzen kann und sowohl die Plantage als auch deren Oberaufseher ein Stück in Richtung Moderne schiebt.

An einigen Granatapfelbäumen zeigen sich bereits die ersten zarten Blüten. Granatapfelblüten erinnern mich immer ein wenig an Trompeten. Trichterförmig scheinen sie in die Welt hinauszurufen: Sieh mich an, bin ich nicht schön? Wenn es zu heiß ist oder die Bäume zu wenig Wasser bekommen, sterben sie. Sie fallen ab oder verdorren auf halbem Weg zwischen Blüte und Frucht. Manchmal platzt auch die Schale bei zu viel Sonneneinstrahlung und hinterlässt eine rote Narbe. Ich hoffe, dass mein heutiger Arbeitseinsatz dazu beiträgt, dass das mit unseren Granatäpfeln nicht passiert. Remzo macht mir Mut. „Gute Arbeit", brummt er und klopft mir hart aber herzlich auf die Wange. „Wenn ich Weihnachten nach Sinsheim komme, bringe ich dir Sipak mit." Sipak ist das bosnische Wort für Granatapfel, und da ihm das deutsche Wort zu sperrig ist, benutzt er lieber das in seiner Muttersprache. Alija versucht es hin und wieder, aber meistens redet sie dann von „Apfelgranaten".

Seite an Seite gehen wir über die Felder zurück nach Spahovina. Kurz bevor wir zu Hause sind, fährt Almir mit seinem Traktor vorbei. Wir winken, er grüßt zurück. Ich bin unglaublich froh, dass Almir nicht schwimmen kann.

Sinsheim
Kroatien
Bosnien und
Herzegovina
Serbien
Mostar
Metković
Mostar
Blagaj
Neretva
Domanovići
Počitelj
Spahovina
Cuckovina
Jasenica
Čapljina
Bosnien und Herzegovina
Kroatien
Metković

ENDNOTEN

5. Teilung

1. Ein Biskuitgebäck

8. Der Plan

1. Gemeint sind Deutsche Mark, die inoffizielle (und meist begehrte) Währung zu dieser Zeit. Die heutige Währung, die Konvertible Mark (KM oder BAM), war an die D-Mark gekoppelt, mittlerweile an den Euro (1 Euro entspricht ungefähr 2 KM). (Anmerkung der Autorin)

9. Bayram

1. Eine Erkrankung des Gehirns, die vor allem bei Schafen auftritt. Sie wird als Ursache für BSE angesehen. (Anmerkung der Autorin)

15. Versteck

1. Ein frittiertes Gebäck, ähnlich süddeutscher oder österreichischer Krapfen. Der Teig wird in kleine Rechtecke geschnitten und dann in einer Pfanne rausgebacken.
2. Pekmez ist eine Art dunkler, sehr zäher Sirup, der durch das Einkochen und Kondensieren von Früchten entsteht, nicht unähnlich dem bei uns bekannten Zuckerrübensirup. Alija stellt ihn traditionell aus Feigen her.

21. Gemeinschaft

1. Ein Erfrischungsgetränk auf Basis von Hagebutte. Es sieht aus wie Cola, hat jedoch einen sehr eigenen Geschmack. (Anmerkung der

Autorin)

DANKE

Den ersten Versuch, die Geschichte von Remzo und Alija schriftlich festzuhalten, habe ich vor fünf Jahren unternommen. Freund:innen, denen ich diesen ersten Versuch präsentierte, haben mir sehr nett und höflich (es sind ja schließlich meine Freunde) erklärt, dass ich noch meilenweit entfernt bin von einem Buch, das jemand lesen wollen würde. Seitdem habe ich erzählerisch hoffentlich viel dazu gelernt, noch mehr recherchiert und einen ganzen Sommer in Domanovici Feigen und Pfirsiche geerntet, um dieser Erzählung gerecht zu werden.

Es ist eine sehr persönliche Geschichte, in der viel Herzblut steckt und die vielleicht gerade deshalb so lange gebraucht hat, bis ich sie mit anderen teilen konnte.

Es gibt einige Menschen, ohne die ich vermutlich trotzdem nie an diesen Punkt gekommen wäre und denen ich deshalb an dieser Stelle besonders danken will:

Meinem Mann Mathias, der immer hinter mir steht und mir eine beständige Nervensäge ist, das Schreiben weiter zu verfolgen und trotz Rückschlägen nie aufzugeben.

Meinen Eltern, die sich stundenlang mit mir hingesetzt, ihre Erinnerungen erzählt und das Manuskript zuerst gelesen haben. Besonderer Dank geht an meinen Vater, der mich im gesamten Schreibprozess unterstützt und kritisch begleitet hat.

Meiner Schwester, die mir immer Mut macht, wenn mal alles doof ist.

Julia und Adam, die mir viele hilfreiche Tipps zum Selfpublishing gegeben haben, ohne die ich schon längst verzweifelt unter dem Schreibtisch läge.

Muamer, der die Schreibweise der bosnischen Orte gecheckt und mir erklärt hat, dass es DIE Baklava heißt, nicht das Baklava.

Elisa und Martin, die ein wunderschönes Cover erstellt haben.

Meinen Testleserinnen für ehrliches und ungeschöntes Feedback.

Aber mein größter Dank geht an Remzo und Alija, die Helden dieser Erzählung. Dafür, dass sie mir ihre Geschichte erzählt und alle meine Fragen geduldig beantwortet haben. Dafür, dass sie mir Jasenica und viele andere Orte aus ihrer Vergangenheit gezeigt und von Anfang an hinter dem Projekt gestanden haben. Dafür, dass sie die beste bosnische Familie sind, die man sich wünschen kann.

ÜBER DIE AUTORIN

Seitdem Sarah Kringe ihren Job in der Politik an den Nagel gehängt hat, ist sie eine notorische Weltenbummlerin und nennt viele Orte ihr Zuhause: Baden, den Pinzgau, die Herzegowina und vor allem ihren VW-Bus. Ihr Endgegner ist die Routine, weshalb sie mit Mann und Hund so viel wie möglich unterwegs ist. Was sie auf ihren Reisen erlebt, beschreibt sie in Zeitungen, Magazinen und Büchern. Sie liebt Fahrradfahren, Sushi und Schnee und reagiert auf Blütenpollen und Mansplainer gleichermaßen allergisch. Sarah Kringe hat in ihrem Leben schon tonnenweise Feigen geerntet und mag bis zum heutigen Tag keinen Kaffee, was sie aber nicht davon abhält, ihn immer wieder zu probieren. Genau wie Verfilmungen bekannter Fantasy-Klassiker.

Sag Hallo!

Du erreichst mich über verschiedene Kanäle. Auf Instagram (@die_fernschreiberein) nehme ich dich mit in die Berge und den VW-Bus, auf meiner Website (www.sarahkringe.de) erfährst du mehr über mich, und auf www.thehappyroad.de kannst du meine Reisen sowie Reisegeschichten verfolgen. Falls du nur mal Hallo sagen oder mich zum Sushiessen einladen möchtest, kannst du mir auch eine Email schicken (schreibmir@sarahkringe.de).

Wenn du mehr von mir lesen willst, trag dich gern in meine Mailingliste ein: www.sarahkringe.de/news

Eine Bitte zum Schluss:

Für uns Autor:innen ist es eine große Unterstützung, wenn unsere Bücher rezensiert werden. Wenn dir „Bayram auf Badisch“ gefallen hat, freue ich mich sehr, wenn du mir eine (kurze) Rezension hinterlässt. Vielen Dank!

Von Sarah Kringe außerdem erschienen:

„Happy Road – Dem Weg ist das Ziel egal“

„Also i find's a guats Platzl“*, versucht Mathias mich in seinem schönsten Österreichisch zu überzeugen. Ich schaue auf den malerischen Feldweg, auf dem wir stehen, die Blumenwiese neben dem Bus, das traditionelle rumänische Kreuz an der Weggabelung und die himmelweite Aussicht:* ***Ich finde es zum Kotzen.***

Wie ist es, wenn man mit dem neuen Partner, den man kaum kennt, auf drei Quadratmetern zusammenlebt? Eine Pressereferentin aus Berlin und ein Skilehrer aus den österreichischen Bergen wagen es.

Sieben Monate reisen die beiden gemeinsam – eine

Reise, die alles andere als planmäßig verläuft. In diesem Buch findet niemand die Formel zum Glück oder justiert sein Nasen-Chakra neu. Vielmehr geht es auf ehrliche und witzige Weise der Frage nach, wie es wirklich ist, monatelang auf drei Quadratmetern zusammenzuleben. Das Buch gibt auf humorvolle Weise einen ehrlichen Einblick in den Camper-Alltag und räumt mit der heilen Instagram-Vanlife-Welt auf. Denn spätestens, wenn man bei Minusgraden mit Blasenentzündung in einem Bus ohne Toilette sitzt, hört der Spaß auf. Wirklich

Pressestimmen zu Happy Road:

„Sarah und Mathias lassen in diesem Buch beständig die Vanlife-Traumblasen mit der Realitätsnadel platzen und berichten erfrischend ehrlich, selbstironisch und unglaublich witzig von ihrem zehnmonatigen Camper-Abenteuer. (...) Ein ehrliches und unberechenbares Buch, mit tiefen Einblicken in die verschiedenen Winkel und Mentalitäten Europas, schrecklich schön und immer wieder überraschend."

(the female explorer)

"Sarah Kringe legt den Fokus nicht ausschließlich auf die Aneinanderreihung netter Reiseepisoden, sondern gibt auch dem Zwischenmenschlichen viel Raum. Deutsches und österreichisches Temperament, das auf kleinstem Raum zusammenprallt, Meinungsverschiedenheiten und die allgegenwärtige Frage, was nach der Reise kommt. Die Autorin schreibt erfrischend ehrlich, ungeschönt und verschweigt auch die negativen Aspekte nicht. Mit viel Humor nimmt sie die Leserinnen und Leser mit auf ein Abenteuer, in dem sich einige von ihnen sicherlich wiederfinden werden."

(explorer)

„Über ihre Erfahrungen auf dem Roadtrip einmal längs durch Europa hat sie ein witziges Buch geschrieben, welches einen ehrlichen Einblick in das Camperleben gibt.“

(Berliner Zeitung)

„Eine Geschichte, die in diesem ganzen Corona-Dilemma gut tut."

(Salzburger Nachrichten)

Und Tag für Tag landete ich je nach Kapitel in einem anderen Land und in einer anderen Geschichte von zwei Personen, die mit viel Humor und Selbstironie ihren Alltag im Van bewältigen und trotzdem die Menschen in Rumänien, Finnland, Serbien und in der Ukraine nicht vergessen.

(reisebloggerin.at)